# L'Enquête

Philippe Claudel

# L'Enquête

*roman*

Stock

ISBN 978-2-234-06515-4

*Pour les prochains,*
*afin qu'ils ne soient pas les suivants*

« *Ne cherche rien. Oublie.* »

*L'Enfer*, Henri-Georges Clouzot

# I

Lorsque l'Enquêteur sortit de la gare, il fut accueilli par une pluie fine mêlée de neige fondue. C'était un homme de petite taille, un peu rond, aux cheveux rares. Tout chez lui était banal, du vêtement à l'expression, et si quelqu'un avait eu à le décrire, dans le cadre d'un roman par exemple, d'une procédure criminelle ou d'un témoignage judiciaire, il aurait eu sans doute beaucoup de peine à préciser son portrait. C'était en quelque sorte un être de l'évanouissement, sitôt vu, sitôt oublié. Sa personne était aussi inconsistante que le brouillard, les songes ou le souffle expiré par une bouche et, en cela, il était semblable à des milliards d'êtres humains.

La place de la gare était à l'image d'innombrables places de gare, avec son lot d'immeubles impersonnels serrés les uns contre les autres. Sur toute la hauteur de l'un d'eux, un panneau publicitaire affichait la photographie démesurément agrandie d'un vieillard qui fixait celui qui le regardait d'un œil amusé et mélancolique. On ne pouvait lire le slogan qui accompagnait la photographie – peut-être même d'ailleurs n'y en avait-il aucun ? – car le haut du panneau se perdait dans les nuages.

Le ciel s'effritait et tombait en une poussière mouillée qui fondait sur les épaules puis entrait dans tout le corps sans qu'on l'y invite. Il ne faisait pas vraiment froid, mais l'humidité agissait comme une pieuvre dont les minces tentacules parvenaient à trouver leur chemin dans les plus infimes espaces laissés libres entre la peau et le vêtement.

Pendant un quart d'heure, l'Enquêteur resta immobile, bien droit, sa valise posée à côté de lui tandis que les gouttes de pluie et les flocons de neige continuaient de mourir sur son crâne et son imperméable. Il ne bougea pas. Pas du tout. Et durant ce long moment, il ne pensa à rien.

Aucune voiture n'était passée. Aucun piéton. On l'avait oublié. Ce n'était pas la première fois. Il finit par relever le col de son imperméable, serra la poignée de sa valise et se décida, avant que d'être totalement trempé, à traverser la place pour entrer dans un bar dont les lumières étaient déjà allumées alors qu'une pendule fichée sur un réverbère, à quelques mètres de lui, ne marquait pas encore tout à fait 16 heures.

La salle était curieusement déserte et le Garçon, qui somnolait derrière le comptoir en suivant distraitement les résultats de courses de chevaux sur un écran de télévision, lui jeta un regard peu aimable, puis, tandis que l'Enquêteur avait déjà eu le temps d'enlever son imperméable, de s'asseoir et d'attendre un peu, lui demanda d'une voix morne :

« Pour vous ce sera ? »

L'Enquêteur n'avait pas très soif, ni très faim. Il avait simplement besoin de s'asseoir quelque part avant de se rendre là où il devait aller. S'asseoir et faire le point. Préparer ce qu'il allait dire. Entrer en quelque sorte peu à peu dans son personnage d'Enquêteur.

« Un grog », finit-il par lancer.

Mais le Garçon lui répondit aussitôt :

« Je suis désolé, ce n'est pas possible.

– Vous ne savez pas faire un grog ? » s'étonna l'Enquêteur.

Le Garçon haussa les épaules.

« Bien sûr que si, mais cette boisson n'est pas répertoriée dans notre listing informatique, et la caisse automatique refuserait de la facturer. »

L'Enquêteur faillit faire une remarque mais il se retint, soupira, et commanda une eau gazeuse.

La pluie au-dehors avait cédé devant les avances répétées de la neige. Celle-ci tombait désormais, légère, tourbillonnante, presque irréelle, dans un ralenti qui ménageait ses effets. L'Enquêteur regarda les flocons qui dressaient devant lui un paravent mobile. On distinguait à peine le fronton de la gare, et plus du tout les quais au loin, les voies, les trains en attente. C'était comme si soudain s'était effacé l'endroit où il s'était arrêté un peu plus tôt pour prendre pied dans ce monde nouveau au sein duquel il lui fallait désormais trouver ses marques.

« C'est aujourd'hui l'hiver », dit le Garçon en posant sur la table une petite bouteille d'eau qu'il venait de décapsuler. Il ne regardait pas l'Enquêteur, mais les flocons de neige. Et d'ailleurs, il avait prononcé sa phrase sans même s'adresser à lui, comme si sa pensée s'était échappée de son cerveau pour voleter un peu autour de son crâne, à la façon d'un pauvre insecte résigné parce qu'il se sait condamné à disparaître à très court terme, mais qui tient malgré tout à assurer le spectacle, à jouer jusqu'au bout sa partition d'insecte, même si cela n'intéresse personne et ne le sauvera de rien.

Et le Garçon resta ainsi, debout près de la table, immobile, ignorant tout à fait l'Enquêteur, pendant un très long moment, le regard aimanté par la neige qui, au-delà des vitres, précipitait ses particules laiteuses en des trajectoires élégantes mais sans logique.

# II

L'Enquêteur aurait pourtant juré avoir aperçu deux ou trois taxis quand il était sorti de la gare. Des taxis en attente, moteur tournant, phares allumés, fumées d'échappement grises et délicates, à peine émises, sitôt disparues. Ils avaient dû partir quelque part avec des clients chaudement assis sur leurs banquettes arrière. C'était trop bête.

La neige avait décidé de demeurer un peu. Elle tombait toujours, s'imposant comme un monarque. L'Enquêteur avait demandé son chemin au Garçon. Il s'était attendu à une réponse désagréable, mais celui-ci avait paru heureux de le renseigner : ce n'était pas très difficile en vérité, l'Entreprise était immense, il ne pouvait pas la rater. Elle débordait de partout. Quelle que fût la rue empruntée, il ne pouvait que se cogner contre un mur d'enceinte, une porte grillagée, une voie d'accès, un entrepôt, un quai de chargement appartenant à l'Entreprise.

« D'une manière ou d'une autre, avait ajouté le Garçon, *tout* ici appartient plus ou moins à l'Entreprise. » Il avait insisté sur le *tout*.

« Après, avait-il poursuivi, il suffit de suivre les contours pour trouver l'entrée principale ainsi que le Poste de Garde. »

Il était retourné ensuite à ses courses de chevaux. Son regard braqué vers le téléviseur traversé de pur-sang écumants, ses coudes appuyés sur le comptoir, sa tête entre ses mains, le Garçon n'avait eu aucune réaction lorsque l'Enquêteur lui avait dit au revoir, avait franchi la porte de l'établissement pour sortir de sa vie.

Son rôle de toute façon s'arrêtait là.

Ce n'était pas encore tout à fait la nuit, mais l'ambiance nocturne était néanmoins bien réelle, augmentée par la solitude totale dans laquelle se mouvait l'Enquêteur, marchant sur les trottoirs recouverts de neige, sans jamais croiser âme qui vive, ayant seulement par endroits le sentiment de parcourir tout de même un monde habité lorsque sa petite silhouette entrait dans le halo jaune et crémeux d'un réverbère, y demeurait, l'espace de quelques mètres, avant d'entrer de nouveau dans des zones crépusculaires, épaisses et insondables.

La valise s'alourdissait. L'imperméable était à tordre. L'Enquêteur avançait sans réfléchir. Il frissonnait de plus en plus. Ses pensées vagabondaient autant que ses pieds gelés et douloureux. Il se vit soudain en bagnard, en proscrit, en dernier survivant, en rescapé cherchant un gîte après avoir fui une catastrophe ultime, chimique, écologique ou nucléaire. Il sentait son corps devenir son propre ennemi et marchait dans un songe. Cela n'en finissait pas. Il avait l'impression d'errer depuis des heures. Toutes les rues étaient identiques. La neige effaçait les repères dans son abstraite uniformité. Tournait-il en rond ?

Le choc avait été sourd et bref. Il n'en avait pourtant pas moins été fortement sonné. Il avait percuté un homme, ou une femme, il ne savait pas trop, en tout cas une forme humaine, lancée dans la nuit, contre lui, à une vitesse modérée mais imparable. Des excuses, quelques mots de politesse de sa part. De l'autre, rien, des grommellements, le bruit de pas qui s'éloignent. La nuit qui dissout une silhouette.

Un rêve encore ?

Non, il demeurait quelque chose de l'incident : une vive douleur à l'épaule gauche et ce front qu'il massait et sur lequel ruisselaient les flocons mourants. Et puis la valise bien sûr. La valise. Éparpillée à terre, explosée, évoquant ainsi tous ces bagages qu'on peut voir dans les reportages des actualités, flottant à la surface des mers après les innombrables crashs aériens, derniers témoins de vies agitées par les courants, de vies disparues, pulvérisées, anéanties, réduites à des pull-overs gorgés d'eau salée, des pantalons qui bougent encore alors qu'ils ne contiennent plus aucune jambe, des peluches étonnées d'avoir perdu à jamais les bras des enfants qui les serraient.

L'Enquêteur eut de la peine à rassembler les cinq chemises, les sous-vêtements, le pyjama, les affaires de toilette, il écrasa d'ailleurs sous sa semelle le tube de dentifrice qui s'étala sur le sol à la façon d'un grand ver rose et bleu au parfum de menthe artificiel, le pantalon de tergal, le réveille-matin, les paires de chaussettes, le sac à linge sale, vide encore, le rasoir électrique et son cordon indocile. Il finit par refermer la valise, qui maintenant pesait plus lourd car, outre toutes ses affaires, il transportait désormais un peu de neige, de pluie et de mélancolie.

Mais il lui fallait bien continuer de marcher, dans la nuit tout à fait, trouvant de plus en plus inhospitalière cette ville inhabitée, sinon d'ombres aux corps compacts comme ceux des taureaux qui d'un seul coup de corne sont capables de bousculer la trajectoire des hommes. Et, comble de malchance, il se mit à éternuer à trois reprises, violemment. C'était sûr, le lendemain, il se réveillerait le nez coulant, la gorge sèche et râpeuse, étroite comme un étau, la tête fiévreuse cerclée dans un tonneau sur lequel on frapperait encore et encore. Ce serait un petit matin d'effroi bénin. Ah, se réveiller ainsi, se disait-il, avant d'entamer une longue et sans doute fastidieuse journée d'enquête, quelle poisse !

Se réveiller, oui. Dans une chambre, certes. Mais laquelle ?

# III

C'était donc cela le Poste de Garde ? Mais ça ne ressemblait en rien à un poste de garde, et ce qu'il y avait autour, à l'entrée d'une entreprise, encore moins de l'Entreprise.

L'Enquêteur était bien passé trois ou quatre fois devant ce lieu, sans jamais se douter que ce pouvait être le Poste de Garde : une sorte de bunker, un parallélépipède massif de béton brut ajouré à intervalles irréguliers d'ouvertures fines, verticales, aussi minces que des meurtrières. De tout cela se dégageait une impression d'absolue fermeture. Ce bâtiment désignait celui qui l'approchait comme un intrus, voire un ennemi. Les chevaux de frise disposés de part et d'autre suggéraient l'imminence d'attaques qu'on se devait de parer, et les rouleaux de barbelés, les herses, les chicanes qu'on apercevait derrière renforçaient ce sentiment de menace potentielle. Il vint à l'esprit de l'Enquêteur des images d'ambassades fortifiées dans des pays en guerre. Mais l'Entreprise n'était pas une ambassade, et le pays n'était pas en guerre. Au-delà de cette enceinte n'étaient fabriqués, selon ses renseignements, que des objets de communication inoffensifs ainsi que des logiciels pour les mettre en œuvre, sans valeur stratégique, et dont la production n'obéissait plus depuis longtemps à aucun secret véritable. Rien ne justifiait vraiment ce dispositif.

L'Enquêteur finit par trouver sur le côté du bâtiment un guichet vitré ainsi qu'une sonnette encastrée à l'extérieur dans le mur. De l'autre côté de la vitre épaisse – un vitrage à l'épreuve des balles ? –, derrière le guichet, une lumière chirurgicale éclairait une pièce de quelques mètres carrés. On distinguait un bureau, une chaise, un calendrier punaisé au mur ainsi qu'un grand tableau sur lequel des dizaines de voyants s'alignaient, certains allumés, d'autres éteints, d'autres clignotant. Sur le mur de gauche, des écrans de contrôle composaient une mosaïque régulière offrant des vues de l'Entreprise, bureaux, hangars, parkings, escaliers, ateliers déserts, caves, quais d'avitaillement.

La neige avait cessé de tomber. L'Enquêteur grelottait. Il ne sentait plus son nez. Il avait relevé le plus possible le col de son imperméable afin de protéger son cou, mais son vêtement était maintenant tout à fait trempé et cela ne fit qu'accentuer son inconfort. Il appuya sur la sonnette. Rien ne se produisit. Il appuya de nouveau. Attendit. Il jeta un œil autour de lui, appela mais sans grand espoir car on ne percevait aucun son d'origine humaine. Seuls des bruits mécaniques, ronronnements de moteurs, ou de chaudières, ou de centrales électriques, de générateurs, se mêlaient au murmure du vent qui gagnait en force.

« Qu'est-ce que c'est ? »

L'Enquêteur sursauta. Les mots grésillants, un peu agressifs, étaient sortis de la bouche d'un interphone situé juste à gauche de la sonnette.

« Bonjour, réussit à articuler l'Enquêteur après s'être remis de sa surprise.

– Bonsoir », reprit la voix qui paraissait provenir de très loin, des profondeurs d'un monde infernal. L'Enquêteur s'excusa, s'expliqua, dit qui il était, son attente devant la gare, le café, les indications du Serveur, sa déambulation, ses erreurs d'itinéraire, ses passages répétés devant le... La voix l'interrompit au beau milieu d'une phrase :

« Êtes-vous détenteur de l'Autorisation Exceptionnelle ?

– Pardon ? Je ne comprends pas.

– Êtes-vous détenteur de l'Autorisation Exceptionnelle ?

– L'Autorisation Except... ? Je suis l'Enquêteur... Je ne sais pas de quoi vous parlez.

Ma venue était sans doute annoncée. J'étais attendu...

– Pour la dernière fois, avez-vous, oui ou non, l'Autorisation Exceptionnelle ?

– Non, mais sans doute l'aurai-je demain, hésita l'Enquêteur qui perdait peu à peu tous ses moyens, quand j'aurai rencontré un Responsable...

– Sans l'Autorisation Exceptionnelle vous n'êtes pas autorisé à franchir l'enceinte de l'Entreprise après 21 heures. »

L'Enquêteur s'apprêta à répondre qu'il n'était que... mais il jeta un coup d'œil à sa montre et n'en revint pas : il était près de dix heures moins le quart. Comment était-ce possible ? Il avait donc marché des heures ? Comment avait-il pu perdre ainsi la notion du temps ?

« Je suis confus, je ne pensais pas qu'il était aussi tard.

– Revenez demain. »

Il entendit comme le son d'un couperet tombant sur une table de boucher. Le grésillement cessa. Il se mit à grelotter plus encore. Ses chaussures trop fines pour la saison étaient gorgées d'eau. Le bas de son pantalon ressemblait à une serpillière. Ses doigts s'engourdissaient. Il appuya de nouveau sur la sonnette.

« Quoi encore ? fit la voix lointaine désormais furieuse.

« – Je suis confus de vous déranger une fois de plus, mais je ne sais pas où dormir.

– Nous ne sommes pas un hôtel.

– Justement, pourriez-vous m'en indiquer un ?

– Nous ne sommes pas l'Office du tourisme. »

La voix disparut. Cette fois, l'Enquêteur comprit qu'il était inutile de sonner de nouveau. Il fut pris d'une grande lassitude, en même temps que la panique faisait battre son cœur à une vitesse inaccoutumée. Il porta la main à sa poitrine. Il sentit, au travers des couches de vêtements mouillés, le rythme précipité, les coups sourds de l'organe contre la paroi de chair. C'était comme si quelqu'un frappait à une porte, une porte intérieure, une porte close, avec désespoir, sans que jamais on ne lui réponde ni ne lui ouvre.

# IV

La situation tournait à l'absurde. Jamais il n'avait connu une aussi curieuse mésaventure. Il se frotta même les yeux, se mordit les lèvres, pour se persuader que tout ce qui lui arrivait depuis quelques heures n'était pas tout bonnement un cauchemar.

Mais non, il était bien là, face à cette entrée qui n'avait rien d'une entrée, devant l'enceinte de l'Entreprise qui ne ressemblait à aucune autre entreprise, tout à côté d'un Poste de Garde bien différent d'un habituel poste de garde, claquant des dents, mouillé jusqu'à la moelle de ses os, à plus de 10 heures du soir tandis que, sans doute pour accroître encore sa stupeur, la pluie avait repris le dessus sur la neige et lui martelait le crâne.

Il tirait sa valise plus qu'il ne la portait. Ce n'était plus des vêtements qu'elle contenait mais des pierres, de la fonte, des poutrelles d'acier, des blocs de granit. Chacun de ses pas s'accompagnait d'un bruit chuintant, comme celui qui sort d'une éponge lorsqu'on la presse. Les trottoirs devenaient de grands marécages. Il n'aurait pas été plus surpris que cela si son corps avait été happé, à un moment ou un autre, par le fond sans fin d'une flaque d'eau. Mais il se rappela soudain – et cela lui redonna de l'espoir – que, au cours de son périple, il avait aperçu dans une rue, sur sa droite, il se souvenait que c'était sur sa droite, mais à quoi allait lui servir cette indication, il avait donc aperçu une enseigne illuminée, et il croyait, mais là il quittait le domaine des certitudes, il n'aurait en effet pas été prêt à parier sa vie sur cela, que cette enseigne était celle d'un hôtel. Des hôtels, il y en avait à coup sûr en périphérie de la Ville, dans ses marges bruyantes où les échangeurs d'autoroutes remplissent leur fonction et purgent les voies rapides d'un flot de voitures trop important, opérant des saignées vitales, séparant les destins et les vies. Mais il n'était pas question, à pied, par ce temps, d'entreprendre un tel trajet pour les atteindre. Et tout d'abord, par où aller ? Il n'en savait strictement rien.

Dire qu'un geste très simple lui aurait évité tout cet embarras : s'il avait pensé à recharger son téléphone avant de quitter son appartement le matin même, il serait à cette heure déjà endormi dans un lit bien chaud, écoutant la pluie tambouriner sur le toit de l'hôtel qu'il aurait réussi à trouver sans aucun problème en appelant les renseignements. Mais le petit objet inerte, inutile, qu'il sentait parfois dans la poche de son imperméable lorsqu'il passait la valise de sa main gauche à sa main droite, ou le contraire, lui rappelait sa négligence et sa stupidité.

Quelle heure pouvait-il être ? Il n'osait plus regarder sa montre. Il était harassé, transi. Il éternuait tous les trois mètres et son nez coulait comme un robinet d'eau tiède, vicieux et mal fermé. Il n'allait tout de même pas se voir contraint de dormir dans la gare, sur un banc, comme bien des sans-abri ? Mais il se souvint de toute façon que, dans ce pays, les gares dorénavant cadenassaient leurs portes durant la nuit pour éviter justement qu'elles ne se transforment en dortoirs et que, par ailleurs, depuis quelques années, les bancs publics étaient dessinés de telle sorte qu'on ne puisse plus s'y allonger.

Il avançait au hasard, ne reconnaissant plus rien. Il passait des carrefours, longeait des bâtiments, traversait des zones pavillonnaires aux fenêtres éteintes, à croire que, dans cette ville, personne ne veillait. Aucun véhicule ne sillonnait les rues. Ni voitures. Ni motos. Ni bicyclettes. Rien. C'était comme si une sorte de couvre-feu avait interdit sur le territoire de la Ville toute forme de circulation.

Le Garçon ne lui avait pas menti : l'Entreprise ne le quittait pas. De près ou de loin, il distinguait le conglomérat sombre de ses installations qui, derrière les stries glacées de la pluie, formaient des remparts, des murailles hautes, parfois crénelées, toujours épaisses et étouffantes. Et puis il y avait sa rumeur, malgré le son des gouttes d'eau sur le trottoir, une rumeur perceptible, continue, basse, et qui lui rappelait le bruit d'un réfrigérateur dont on aurait oublié de refermer la porte.

L'Enquêteur se sentait vieux et découragé, alors que son Enquête n'avait même pas commencé, alors que rien n'avait réellement commencé. La pluie redoublait, tout comme le vent qui balayait les rues avec méthode, leur apportant une sorte d'haleine terreuse, fétide et glaciale qui acheva de le transir. Il marchait depuis… depuis combien de temps en vérité ? Il n'en savait plus rien, dans un quartier où n'apparaissait aucun immeuble. Les trottoirs étaient bordés d'une palissade en béton haute d'environ trois mètres sur la crête de laquelle luisaient d'innombrables tessons de verre fichés dans le ciment, et les rues étroites, qui ne cessaient de se ramifier, renforçaient chez lui le sentiment désagréable d'être devenu une sorte de rongeur pris dans un piège démesuré. Ce paysage monotone et contraignant acheva de le déboussoler et il continua à avancer avec la très curieuse impression d'être observé par une créature invisible, placée quelque part, très haut au-dessus de lui, et qui se gaussait de son misérable malheur.

# V

Il se dit d'abord que l'épuisement créait des
mirages. Et puis le nom sur l'enseigne éteinte,
« Hôtel de l'Espérance », le conforta dans sa pensée que quelqu'un – une sorte de maître du jeu –
observait sa réaction avec un fin sourire et lui
jouait un bon tour. Il faillit pleurer de joie, mais
il se contenta de rire, aux éclats, longuement.
Certes, l'enseigne était éteinte – était-ce celle-là
d'ailleurs qu'il avait cru voir allumée quelques
heures plus tôt ? – mais il s'agissait bien d'un
hôtel, d'un véritable hôtel, modeste, sans aucun
doute un peu vieillot à en juger par sa façade
décrépite et ses volets écaillés dont certains ne
tenaient plus que par un gond, mais en activité
comme l'indiquaient le panneau signalant la caté-
gorie de l'établissement – quatre étoiles ! alors
qu'on aurait de la peine, au vu de sa façade, à lui

en attribuer au mieux une seule –, les tarifs prohibitifs des chambres, et aussi la propreté de son vestibule qu'il put observer au travers de la porte vitrée, ainsi que la minuscule lampe qui diffusait une lumière lilliputienne sur une sorte de comptoir à la gauche duquel on devinait quelques dizaines de clés dépareillées suspendues à des crochets de boucherie.

L'Enquêteur, qui avait traversé la rue presque en courant, un peu essoufflé, chercha en vain pendant plusieurs minutes la sonnette de nuit : il n'y en avait pas. Mais il était maintenant certain que son calvaire touchait à sa fin, et peu lui importait le tarif. Il était prêt à verser une fortune pour se retrouver au sec, au chaud, et s'allonger dans un lit. Il serait bien temps le lendemain de se mettre en quête d'un hôtel plus en rapport avec ses moyens.

Il frappa quelques petits coups discrets sur la porte et attendit. Rien ne se passa. Il frappa de nouveau, un peu plus fort, songeant que le Veilleur de nuit devait bien mal porter son nom, l'imaginant dans un sommeil pesant et comateux. Se pourrait-il qu'il n'y eût personne ? Il frissonna et se mit à hurler et à cogner la porte dans un violent sursaut d'énergie. L'Hôtel de l'Espérance restait désespérément clos et muet. Alors, avec la pesanteur d'un sac rempli de sable, l'Enquêteur se laissa glisser le long de la porte et s'effondra sur sa valise qu'il serra comme s'il s'était agi d'un être cher, ou d'une bouée, curieuse bouée en vérité, encore plus trempée que les flots desquels elle était censée le sauver.

« Que voulez-vous ? »

Il sursauta et leva la tête. La porte de l'Hôtel s'était ouverte et juste à côté de lui se tenait une femme, très grande et très grosse, et lui, qui était tassé à terre, recroquevillé, réduit à des proportions d'insecte ou de créature rampante, la vit comme une véritable géante, une géante qui achevait de sangler un peignoir de bain en tissu éponge, rose et effiloché. Elle le regardait avec étonnement. Il bredouilla quelques mots d'excuse, réussit à se relever, défripa son imperméable, son pantalon, essuya ses larmes et son nez d'un revers de main, renifla, puis, enfin, prenant d'instinct une position proche de celle du garde-à-vous, il se présenta :

« Je suis l'Enquêteur.

– Et alors ? » reprit la Géante sans lui laisser le temps de poursuivre. Son corps ample dégageait une légère odeur de transpiration ainsi qu'une chaleur tiède, la chaleur d'un lit dont son vacarme à lui l'avait tirée. Les pans du peignoir mal rabattus laissaient apercevoir le tissu plus léger d'une chemise de nuit aux motifs délavés de pâquerettes et de jonquilles. Ses traits étaient mâchonnés de sommeil et elle avait noué à la va-vite son épaisse chevelure roux clair avec une grande aiguille plantée de travers.

« Auriez-vous une chambre, s'il vous plaît ? »
parvint à demander l'Enquêteur. Il n'osait pas
encore penser qu'il touchait peut-être à la fin de
son grotesque calvaire.

« Une chambre ! » articula la Géante en
ouvrant grand les yeux, comme s'il avait formulé
une requête saugrenue, déplacée, voire obscène.
L'Enquêteur sentit de nouveau ses jambes se
dérober sous lui. Elle paraissait scandalisée.

« Oui, une chambre…, reprit-il, et c'était
presque une supplication.

– Vous avez vu l'heure ? »

Il osa hausser un peu les épaules.

« Je sais… », murmura-t-il sans en avoir la
moindre idée, sans avoir le courage de regarder
sa montre, n'ayant même plus la force de s'excuser ni de se lancer dans une explication qui, de
toute façon, n'aurait guère été convaincante, et
l'aurait rendu peut-être même davantage suspect.

La Géante réfléchit quelques secondes en mau-
gréant.

« Suivez-moi ! » finit-elle par dire.

# VI

Elle lui fit remplir un nombre incalculable de fiches de renseignements, qu'elle tenta immédiatement d'entrer sur le disque dur d'un vieil ordinateur, mais elle semblait peu à l'aise dans sa manipulation, tapant à deux doigts, se trompant souvent de touche, jusqu'à fermer par mégarde cinq fois le programme avant de pouvoir enregistrer les données.

Il fallut chaque fois tout recommencer.

Puis elle lui mit dans les mains le règlement de l'Hôtel – une double page plastifiée et couverte d'empreintes digitales, ce qui la rendait par endroits opaque et indéchiffrable –, en exigeant de lui qu'il le lise attentivement à haute voix devant elle, ce qu'il fit sans rechigner, voulant lui être agréable.

Elle prit ensuite la peine de vérifier s'il avait bien retenu et assimilé ce qu'il avait lu en lui posant quelques questions : « Avait-on le droit de fumer dans les chambres ? », « De quelle heure à quelle heure se prenait le petit-déjeuner, et où ? », « Les Résidents étaient-ils autorisés à recevoir une personne de l'extérieur dans leur chambre ? », « Qu'était-il formellement interdit de jeter dans les toilettes ? », etc.

Comme il donna une mauvaise réponse à sa quatorzième question : « Peut-on repasser des effets personnels dans sa chambre sans avertir au préalable la Direction ? », la Géante l'invita à relire intégralement le règlement qui comportait 37 paragraphes. Il dut s'exécuter, ayant trop peur d'être raccompagné à la porte et de finir la nuit dans la rue. Mais enfin, comme il était parvenu tout de même à triompher de cette épreuve, la Géante lui permit de choisir une clé sur le tableau, après lui avoir demandé une pièce d'identité et sa carte de crédit qu'elle enferma, sans qu'il eût le temps de protester, dans un petit coffre situé sous le tableau des clés, procédure qui faisait l'objet du paragraphe 18, alinéa C du règlement prévoyant que, en cas d'arrivée nocturne d'un client, la Direction de l'Hôtel de l'Espérance se réservait le droit de garder papiers et moyen de paiement jusqu'au lendemain matin en guise de caution.

« Faites vite. Je ne suis pas d'humeur à patienter très longtemps. Il est 3 h 16 du matin, mes nuits sont courtes, et j'ai hâte de me recoucher ! »

Il se décida pour la 14. La Géante décrocha la clé et sans un mot commença à monter l'escalier. L'Enquêteur la suivit.

Il faillit trébucher et tomber dès la première marche car celle-ci avait une hauteur inhabituelle qui contredisait la mémoire inconsciente de sa foulée. Par contre, la suivante était très basse, trop basse, ce qui le perturba aussi et faillit également entraîner une chute. Ce qui fait qu'ensuite il prêta une attention extrême, malgré sa fatigue, à chacune des marches de l'escalier, se disant que, de toute façon, il n'y en aurait pas cinquante puisque, ayant choisi la chambre 14, le premier étage serait vite atteint.

Il fit bien et s'en félicita, car aucune marche ne se ressemblait. Un pareil escalier ne pouvait être que le fruit d'un désaxé. Le problème aussi était que la Géante et l'Enquêteur avaient depuis bien longtemps dépassé le premier étage, et tous les deux n'en finissaient pas de monter, de monter, de monter. L'Enquêteur suivait la Géante péniblement, en serrant les dents, hissant sa valise comme il pouvait, avalant les étages, marche après marche, exténué. L'Hôtel prenait les allures d'une tour infinie, vissée sur elle-même, dont l'objectif paraissait de percer le ciel, comme la raison d'être d'une chignole est de trouer le bois.

Alors, brutalement, une pensée lui vint, lumineuse, évidente, indubitable : il était mort. Sans qu'il s'en fût rendu compte. Ce constat le frappa comme une évidence : quelle autre explication à tout ceci ? Peut-être était-ce arrivé quelques heures plus tôt, en descendant du train ? Peut-être avait-il traversé une voie par inadvertance ? Peut-être un convoi l'avait-il alors percuté, broyé, réduit à rien ? Peut-être tout cela s'était-il produit encore plus tôt, tandis qu'il sortait du bureau du Chef de Service, armé de son ordre de mission : une foudroyante attaque, un infarctus, un irréversible accident vasculaire cérébral, juste après avoir salué la Comptable qui attendait son gobelet de café près de la machine automatique en rectifiant son chignon et son maquillage ? Ou chez lui peut-être ? Au matin, en se levant, avant même d'arrêter son réveil qui vibrait, l'aiguille fixée sur 6 h 15, une mort instantanée, sans souffrance. Une longue glissade. Et puis plus rien. Ou plutôt, si, ce cauchemar, qui devait être une sorte de test d'effort, une épreuve initiatique, un purgatoire amélioré : quelque part, on l'observait, il en avait de plus en plus la certitude. On l'étudiait. On allait décider de son sort.

« C'est ici, dit la Géante. Voici votre clé. » Elle lui tendit l'objet, qui lui parut très lourd, rajusta les deux pans de son peignoir, effleura de sa main droite son front moucheté de fines gouttes de sueur, puis redescendit aussitôt sans même lui souhaiter bonne nuit, emportant avec elle son odeur de sommeil et d'animal. L'Enquêteur inséra la clé dans la serrure, la fit tourner, s'attendit à ce qu'elle ne fonctionnât pas.

Ce ne fut pas le cas. Il entra rapidement dans la chambre, posa sa valise, ne chercha même pas l'interrupteur, tâtonna, finit par toucher un meuble qui avait la forme d'un lit, s'affala dessus tout habillé et s'endormit après avoir pendant de longues minutes respiré comme un noyé sauvé des eaux par de grosses mains rousses et maladroites.

# VII

Une sirène de paquebot le jeta hors de son sommeil : un son énorme, qui hurlait pendant trois ou quatre secondes, s'arrêtait, puis reprenait. Il se dressa dans son lit, chercha en vain un interrupteur, heurta de son front un objet plaqué au mur, qui chuta avec grand bruit. La sirène s'arrêta subitement et il entendit alors une voix, une voix tout à la fois lointaine et proche :

« Allô ! Allô... ? Allô, vous m'entendez... ? Allô ? »

À tâtons, il se saisit du combiné qui pendait au bout de son cordon.

« Oui, j'écoute.

— Allô ! M'entendez-vous ? reprit la voix anxieuse.

— Je vous entends très bien, qui êtes-vous ? répéta un peu plus fort l'Enquêteur.

– ALLÔ !! hurla la voix. ALLÔ !!!!

– Parlez. Je vous entends ! Moi je vous entends !

– Mais bon sang ! Y a-t-il quelqu'un oui ou non !? Répondez-moi je vous en supplie ! Répondez-moi ! Je suis enfermé ! On m'a enfermé !!! Je ne peux plus sortir de cette pièce ! » La voix prenait les accents d'un grand désespoir.

« Je suis là ! Je suis là, dit l'Enquêteur. Je vous entends parfaitement ! »

Il y eut encore un hurlement à l'autre bout du fil, un crachotement puis plus rien, hormis une tonalité aigrelette et discontinue.

L'Enquêteur, en faisant courir ses deux mains sur le mur au-dessus du lit, parvint enfin à trouver l'interrupteur. Le plafonnier s'alluma après quelques hésitations : c'était un néon circulaire, qui répandit une lumière verte dans la pièce. Celle-ci était beaucoup plus vaste que l'Enquêteur ne l'aurait cru. Le lit sur lequel il était allongé était perdu dans la chambre qui faisait au bas mot dix mètres sur sept. Il resta un moment stupéfait. À l'exception du lit, le mobilier se composait d'une très petite armoire calée dans un angle, et d'une chaise qu'on avait placée au milieu de la pièce sous le plafonnier. Rien d'autre. Ni table de chevet. Ni bureau. Le sol de vieux parquet était recouvert ici et là de tapis orientaux qui avaient perdu leurs couleurs et leurs motifs. Sur le mur du fond, un portrait photographique représentait un vieil homme à moustache. L'Enquêteur eut l'impression d'avoir déjà vu ce visage, mais il ne l'aurait pas juré. On était loin de la décoration et du confort d'un palace !

L'Enquêteur regarda sa montre : 6 h 47. Cette erreur téléphonique avait eu finalement du bon. Sans elle, Dieu sait quand il se serait réveillé ! Mais quel pouvait être ce fou qui l'avait appelé ?

Il se leva. Il n'avait dormi que quelques heures. Sa tête était douloureuse et son nez gonflé, chaud, meurtri, ne cessait de couler. Il frissonna. Il constata qu'il était toujours vêtu de son imperméable, qui avait un peu séché mais qui était surtout totalement chiffonné, de son costume fripé qui dégageait une étrange odeur de champignons des bois, de sa chemise qui ne ressemblait plus à rien et de sa cravate qui avait fait trois fois le tour de son cou. Ses chaussures, qu'il avait gardées elles aussi, étaient encore trempées.

Il se déshabilla rapidement, posa ses vêtements sur le lit, ainsi que son maillot et son caleçon, puis se dirigea vers une porte qu'il supposa être celle de la salle de bains. Les proportions de celle-ci le laissèrent pantois : c'était un étroit placard. Autant la chambre était inutilement grande, autant la salle de bains était petite, étroite et basse de plafond et qui plus est d'une propreté douteuse. Des poils et des cheveux témoignaient dans le lavabo d'une présence antérieure qu'on n'avait pas pris la peine d'effacer. Il y entra en se courbant légèrement et ne put derrière lui refermer la porte au risque de ne plus jamais pouvoir l'ouvrir. Au prix d'efforts infinis, il réussit à pénétrer, en se tenant de profil, dans ce qui faisait office de cabine de douche et, glissant sa main gauche derrière son dos, mais sans jamais pouvoir se retourner, il ouvrit le robinet : un jet d'eau glacée jaillit à la hauteur de ses omoplates. Il ne put s'empêcher de crier. Il tenta d'actionner à l'aveuglette le mitigeur, mais cette fois il fut aspergé d'eau brûlante. Il réussit à tourner de nouveau dans l'autre sens le robinet qui libéra une eau gelée. L'Enquêteur s'en contenta. Il se força à tenir sous ce supplice près de trente secondes, puis coupa le mitigeur et se contorsionna hors de la cabine.

Grâce à une minuscule serviette de toilette il se sécha, puis, se regardant dans un étroit miroir disposé au-dessus d'un lavabo de la même taille, et qui lui renvoyait un reflet déformé et monstrueux de lui-même, il constata qu'en se cognant contre le socle du combiné téléphonique, il s'était entaillé le front sur trois centimètres. Il avait beaucoup saigné. Il nettoya le sang. Restait une plaie ouverte, profonde, une balafre disgracieuse. On aurait pu croire qu'il s'était battu et avait reçu un mauvais coup ou qu'on avait cherché à l'assommer.

Avec difficulté, il se glissa hors de la salle de bains, prit son rasoir dans sa valise, revint dans l'étroite pièce, se mit à quatre pattes pour brancher le cordon dans la prise électrique située, de façon quasi diabolique, derrière la colonne supportant le lavabo, presque à ras du sol, puis pressa le bouton du rasoir.

Rien.

Il vérifia que le cordon était correctement fiché dans l'appareil, essaya de nouveau.

Rien.

Il chercha dans la chambre une autre prise électrique, finit par en trouver une, à demi masquée par la petite armoire, poussa ce meuble, dégagea la prise en même temps que des amas de poussière, quelques mégots, trois mouchoirs en papier usagés, un vieil appareil dentaire, enfonça la fiche du rasoir dans la prise, actionna l'engin : toujours rien. Son rasoir refusait de fonctionner. L'Enquêteur se souvint comment la veille au soir, dans son long périple, sa valise s'était ouverte et répandue sur le trottoir. Le rasoir avait dû heurter le sol, ou bien son moteur avait pris l'eau. Il le posa sur le radiateur situé sous la fenêtre. Celui-ci fonctionnait au ralenti : il était à peine tiède.

Il prit parmi les cinq chemises de rechange la moins humide, enfila l'autre pantalon. Il n'avait malheureusement qu'une veste. Avec le plat de la main, il tenta de la défroisser mais le résultat ne fut guère concluant. Enfiler les chaussures mouillées se révéla tout à fait désagréable, même en ayant des chaussettes propres et à peu près sèches. Il noua sa cravate qui rebiquait, puis plaqua avec sa main droite les trois mèches de cheveux qui survivaient sur son crâne. Il était prêt à descendre pour prendre son petit-déjeuner.

Mais avant, il voulut donner un peu d'air à sa chambre afin de chasser l'odeur prégnante d'humidité et de cuir macéré qui l'avait envahie. Il tira les doubles rideaux, ouvrit la fenêtre non sans difficulté, parvint à retirer la gâche métallique et rouillée qui maintenait les volets fermés de l'intérieur puis poussa les deux battants en même temps du plat de ses paumes : ceux-ci ne bougèrent que d'un ridicule centimètre. L'Enquêteur exerça une pression plus forte, mais le résultat fut le même. C'était à n'y rien comprendre. On avait l'impression que les volets butaient contre quelque chose de plus dur qu'eux. Il s'approcha au plus près, regarda entre leurs lamelles, et s'aperçut que de gros parpaings soigneusement ajustés et maçonnés les empêchaient de s'ouvrir.

Il lui fallut alors se rendre à cette incroyable évidence : la fenêtre était murée.

# VIII

Tout en descendant l'escalier, après avoir
cherché un ascenseur qui n'existait pas, l'Enquêteur se demanda dans quel hôtel il était tombé.
Un hôtel qui se prétendait un palace, dont le prix
des chambres atteignait des hauteurs obscènes et
qui possédait en vérité le standing d'un gourbi
crasseux frappé d'alignement.

73. C'était le nombre de marches qu'il avait
descendues. Six étages déjà et il n'était toujours
pas parvenu à la réception. Il se raccrocha à ce
décompte rigoureux pour ne plus penser à rien.
L'Hôtel était totalement silencieux. L'escalier
était seulement éclairé de place en place par une
faible ampoule qui pendait au mur si bien que la
descente en devenait périlleuse.

L'Enquêteur arriva enfin au rez-de-chaussée.
Il avait compté neuf étages. Il dormait dans la

chambre 14, qui se situait au neuvième étage. Le propriétaire ne s'encombrait pas de logique. Mais après tout, se dit-il, est-ce que le monde dans lequel il vivait était logique ? La logique n'était-elle pas qu'une pure idée mathématique, une sorte de postulat que n'avait jamais authentifié aucune démonstration ?

Personne ne se trouvait derrière le comptoir, mais un rai de lumière filtrait de dessous la porte que la Géante lui avait signalée comme étant celle de la salle du petit-déjeuner. Il se dirigea vers elle, saisit sa poignée, la tourna – ce qui produisit un grincement désagréable, comme une plainte humaine –, poussa la porte.

Il s'immobilisa sur le seuil.

La salle était un hall dont il n'apercevait presque pas le bout, mais ce qui le stupéfia le plus, ce fut qu'elle était bondée. Les innombrables tables ne laissaient voir aucune place libre. Des centaines de personnes prenaient leur petit-déjeuner, et toutes avaient suspendu leurs gestes et interrompu leurs conversations quand il était entré. Des centaines d'yeux le dévisageaient. Il sentit son visage s'empourprer. Il s'apprêtait à formuler des excuses, quelques mots, un bonjour peut-être, mais il n'en eut pas le temps. Après le silence total de quelques secondes qui avait accompagné son entrée, le bruit de nouveau occupa la salle, mille bruits en vérité, un véritable vacarme de mots, de mâchoires mastiquant, de gorges avalant liquides et petits pains, de chocs de tasses, de verres, de soucoupes, de chaises. Il était tout encore à sa surprise quand un serveur en veste blanche et pantalon noir apparut à côté de lui.

« Vous êtes la 14 ?

– Oui…, balbutia l'Enquêteur.

– Suivez-moi. »

Le Serveur lui fit traverser près de la moitié de la salle, empruntant un parcours sinueux, ce qui permit à l'Enquêteur de se rendre compte que tous celles et ceux qui étaient attablés parlaient une langue étrangère, slave, à moins qu'elle ne fût scandinave ou moyen-orientale.

« S'il vous plaît ! » lui dit le Serveur en désignant une place libre à une table de quatre, les trois autres places étant occupées par des hommes au front bas, à la peau sombre, aux cheveux drus et noirs et qui, courbés sur leurs tasses, buvaient et mangeaient goulûment.

L'Enquêteur s'assit. Le Serveur attendait sa commande.

« Un thé, du pain grillé, un jus d'orange, s'il vous plaît.

– Du thé, oui. Du pain grillé et du jus d'orange, non.

– Mais pourquoi non ? Avec le prix que je paie ! Ne sommes-nous pas censés être dans un quatre étoiles ?

– Vous n'avez encore rien payé, fit remarquer sèchement le Serveur, et le fait que cet hôtel soit un quatre étoiles ne vous donne pas tous les droits, notamment celui de vous conduire comme un être à qui tout est dû. »

L'Enquêteur était estomaqué. Il ne trouva rien à répondre. Le Serveur s'apprêtait à partir mais l'Enquêteur le retint encore.

« Excusez-moi, mais j'aimerais vous poser une question. »

Le Serveur ne dit rien, mais ne partit pas pour autant. L'Enquêteur crut y voir un encouragement.

« Je ne suis là que depuis cette nuit, et il me semble, enfin, votre collègue, une femme, grande, en peignoir, m'avait fait comprendre que l'Hôtel était vide, et ce matin je me rends compte que...

– Des Touristes. Une arrivée subite et massive de Touristes.

– Des Touristes ? » reprit l'Enquêteur, qui se souvenait des rues déprimantes et sans grâce dans lesquelles il avait marché sous la pluie et la neige pendant des heures, du mur infini, des immeubles gris, de la masse monstrueuse des innombrables bâtiments de l'Entreprise, de l'absence de tout attrait et de toute beauté.

« Cette ville attire de nombreux Touristes », assena le Serveur qui s'enfuit en profitant de ce coup de massue.

L'Enquêteur déplia sa serviette et observa ses voisins qui continuaient à manger et à boire.

« Bonjour ! » leur lança l'Enquêteur.

Aucun ne lui répondit, ni même ne le regarda. Le Serveur revint. Il déposa devant lui deux biscottes et une tasse de café noir, puis s'en alla, avant même que l'Enquêteur ait eu le temps de lui dire que ce n'était pas du tout ce qu'il avait commandé.

# IX

Les biscottes avaient un goût d'humus. Quant au café noir, il était sans aucun doute le plus amer que l'Enquêteur ait bu de sa vie, et même le sucre qu'il y ajouta en abondance ne réussit pas à l'adoucir. Ses trois voisins dévoraient des omelettes au fromage, de la charcuterie, du poisson fumé, de gros cornichons marinés dans du vinaigre, des pâtisseries aux pommes et à la cannelle, des petits pains moelleux fourrés aux raisins et aux amandes, des fruits frais. Ils buvaient des jus de pamplemousse et d'ananas ainsi que du thé noir dont le délicieux parfum, corsé et fumé, parvenait jusqu'aux narines de l'Enquêteur.

Leur conversation allait bon train mais l'Enquêteur n'en saisissait pas le moindre mot. Aucun ne lui accordait d'attention.

Il se força à boire son café, pensant que le liquide chaud lui ferait du bien. Il n'arrêtait pas de se moucher et se sentait fiévreux. De temps en temps, il levait les yeux et regardait la salle, cherchant à apercevoir la Géante, mais elle n'apparut pas. Seuls des Serveurs, quatre ou cinq, qu'on aurait crus frères tant ils se ressemblaient, petits, un peu ronds, le crâne dégarni, assuraient le service. Les Touristes, il s'était résolu à les appeler ainsi, faisaient un vacarme invraisemblable. C'étaient des femmes et des hommes d'une quarantaine d'années, habillés modestement, et qui se jetaient sur l'abondante nourriture disposée devant eux, mangeant salement. Il constata qu'il était le seul à s'être vu proposer le petit-déjeuner rudimentaire qu'il se forçait à avaler, et lorsqu'un Serveur passa près de lui, il lui demanda s'il pouvait lui aussi avoir une omelette et un jus de fruits.

« Vous faites partie du groupe ?

– Non, je suis…

– Vous êtes la 14 ?

– Oui.

– Je suis désolé, c'est impossible.

– Mais enfin c'est ridicule ! Est-ce qu'au moins vous pouvez me donner un peu de confiture, ou de beurre tout de même, je paierai le supplément si ce n'est qu'une question d'argent… ?!

– N'insistez pas. Ici, l'argent ne règle pas tous les problèmes. »

Le Serveur était déjà loin quand l'Enquêteur, scandalisé, n'était pas encore revenu de sa surprise. Il fit défiler dans sa tête tous les articles du règlement intérieur qu'il avait lus deux fois à son arrivée et ne se souvint pas qu'il y en ait eu jamais ayant trait à une quelconque discrimination concernant le petit-déjeuner. Il se promit d'en faire la remarque à une personne de la Direction dès qu'il en croiserait une.

L'heure tournait : fixée sur un mur, une pendule énorme, et qui faisait un bruit de marteau frappant une enclume, ponctuant chaque avancée de son aiguille sur les repères des secondes par un « clac » retentissant, le lui rappelait. Il ne fallait pas qu'il traîne. On devait l'attendre et s'impatienter. Il saisit la tasse pour finir son café mais, au moment où il la portait à sa bouche, son voisin le heurta du coude. Le café se renversa sur sa veste et sur son pantalon. L'Enquêteur pesta : deux taches d'un brun sombre s'étalaient sur le tissu clair. L'homme qui avait causé ce désastre ne s'était pas excusé. Il continuait à manger et à parler avec les deux autres, qui eux aussi faisaient comme s'il n'existait pas.

L'Enquêteur se leva et se dirigea avec rapidité vers une porte au-dessus de laquelle un panonceau signalait les toilettes. Il était hors de lui. Il commençait à en avoir plus qu'assez et se demandait s'il n'allait pas rentrer par le premier train. Mais qu'aurait-il pu dire au Chef de Service pour expliquer son retour prématuré avant même que l'Enquête ait eu lieu, avant même qu'elle ait débuté ? Qu'il avait erré des heures dans la ville par un temps de chien ? Que l'Hôtel lui paraissait étrange ? Que le petit-déjeuner servi ne lui avait pas convenu ? Que le café était épouvantable ? Que le personnel se comportait de façon inadmissible ? Que ses voisins de table ne lui avaient pas adressé la parole ?

Non, mieux valait être patient.

Le couloir dans lequel il se retrouva après avoir quitté la salle se terminait en cul-de-sac une dizaine de mètres plus loin. Il vit deux portes sur son mur de gauche. Sur la première, un pictogramme représentait une silhouette féminine, il continua jusqu'à la seconde mais elle s'ornait de la même image. Il revint en arrière, croyant qu'il s'était trompé. Non. Il avait bien vu. Les deux portes indiquaient des toilettes pour femmes. Il sentit son cœur s'emballer. On persistait à se moquer de lui.

Il jeta un coup d'œil à droite puis à gauche, et même au-dessus de sa tête. Personne. Il n'hésita pas une seule seconde et entra. Les toilettes étaient désertes. Il alla jusqu'à un lavabo, fit couler de l'eau chaude, fouilla dans sa poche pour prendre un mouchoir qui n'y était pas. Pas plus que dans son autre poche.

Une serviette en tissu était fixée à un enrouleur. Il essaya de la décrocher délicatement. Sans succès. Il tira sur le tissu, tira encore, tira plus fort. La serviette se déchira et les vis de fixation de l'enrouleur se descellèrent du mur en plâtre qui se fendilla. Il mouilla la serviette, frotta les deux taches de café avec énergie. Au bout de quelques minutes, il lui sembla qu'elles s'estompaient un peu : elles avaient perdu leur couleur sombre. Plus claires, elles s'étaient en revanche davantage étalées. L'Enquêteur jeta la serviette déchirée dans une poubelle, en l'enfonçant bien au fond, la recouvrit de papier, puis il sortit des toilettes.

Lorsqu'il poussa la porte de la salle du petit-déjeuner, le vacarme avait totalement cessé : les Touristes avaient disparu. Il n'en restait plus un seul. Toutes les tables étaient débarrassées et propres. Aucun détritus ne traînait ! Comment cela était-il possible alors qu'il avait dû rester absent tout au plus quatre minutes ?

Les chaises avaient été replacées dans un alignement soigneux. Il regarda sa place : la tasse de café s'y trouvait encore, ainsi que la seconde biscotte qu'il n'avait pas complètement fini de manger, et sur la chaise, légèrement de travers par rapport à la table, son imperméable. C'était le seul endroit où demeurait quelque chose.

Les Serveurs eux-mêmes étaient devenus invisibles.

L'Enquêteur courut vers sa place. Il voulait sortir au plus vite de cette salle, de l'Hôtel, afin d'être dehors et de respirer à pleins poumons un peu d'air frais, de sentir cette fraîcheur sur ses tempes, sur sa nuque, dans ses poumons, dans son cerveau pour ainsi dire, son cerveau qui était mis à rude épreuve, à tel point que l'Enquêteur se demandait s'il n'allait pas subitement éclater. Mais comme il était en train d'enfiler son imperméable et de retrouver la très désagréable sensation d'humidité, il entendit dans son dos une voix forte qui l'interpellait d'assez loin :

« Vous ne terminez pas votre petit-déjeuner ? »

# X

Il s'immobilisa et, très lentement, la crainte au ventre, se retourna. Un homme se dirigeait vers lui. Un homme qu'il n'avait encore jamais vu, et qui n'était ni un Serveur ni un Touriste. À mesure qu'il avançait, sa silhouette se précisait, ainsi que son visage. Il pouvait avoir le même âge que l'Enquêteur, la même taille aussi. Il souriait.

« Vous ne terminez pas votre petit-déjeuner ? reprit l'homme d'une voix aimable en désignant la tasse et la biscotte.

— Je n'ai plus très faim, bredouilla l'Enquêteur, et je suis déjà en retard.

— En retard... ? C'est vous qui le dites ! Moi, j'ai le sentiment que, dans la vie, on est souvent en avance et que la mort arrive toujours trop tôt. Allez, asseyez-vous, terminez paisiblement votre petit-déjeuner, ne vous gênez pas pour moi. »

L'Enquêteur ne se sentit pas la force de protester. L'homme sous sa bonhomie exprimait quelque chose d'impérieux. Il s'assit sans enlever son imperméable dont il n'avait enfilé qu'une seule manche. L'homme prit la chaise en face de lui, le regarda attentivement.

« Avez-vous bien dormi ?

— Je suis arrivé très tard et...

— Je sais, l'interrompit l'homme. La nuit a été courte. Mais mangez, je vous en prie, faites comme si je n'existais pas ! »

L'homme indiquait la biscotte. L'Enquêteur la saisit à contrecœur et se mit à la grignoter.

« Je me présente, dit l'homme. Je suis le Policier.

— Le Policier... ? répéta avec crainte l'Enquêteur qui, après avoir posé sa biscotte, serra la main que l'homme lui tendait.

— Exactement. Et vous-même, vous êtes...

— C'est-à-dire, commença à répondre l'Enquêteur en s'étranglant un peu, en transpirant beaucoup, je suis... je suis...

— Vous êtes ?

— Je viens pour faire une Enquête dans l'Entreprise.

— Une Enquête ? Voyez-vous cela ? Une Enquête ! Et je ne suis même pas au courant ? »

Le Policier gardait toujours son bon sourire mais ses yeux ne quittaient plus ceux de l'Enquêteur.

« Ce n'est pas du tout une enquête policière, bafouilla l'Enquêteur. Ne vous méprenez pas ! Il s'agit simplement d'une procédure administrative. L'Entreprise a connu une proportion importante, pour parler franchement, tout à fait inhabituelle, de suicides depuis un an et on m'a...

– Des suicides ? l'interrompit l'homme.

– Oui. Des suicides.

– Combien ?

– Une vingtaine.

– Une vingtaine !? Et on ne m'a pas averti ? Mais c'est incroyable ! Je suis le Policier, on se suicide en série à quelques pas de mon bureau, et je n'en sais rien ! Lorsque vous dites une vingtaine, combien voulez-vous dire exactement ? »

De plus en plus mal à l'aise, l'Enquêteur serrait toujours sa biscotte. Il était sûr maintenant d'avoir de la fièvre. Sa tête lui faisait mal. Ses yeux le piquaient. Sa nuque s'était raidie. Son nez était brûlant et douloureux, tout comme la cicatrice sur son front. Tout son corps le faisait souffrir. Le Policier fouilla dans la poche droite de sa veste, puis dans la gauche, en sortit un tube jaune et bleu qu'il tendit à l'Enquêteur.

« Prenez-en deux.

– Qu'est-ce que c'est ?

– Vous avez mal à la tête, n'est-ce pas ?

– Comment le savez-vous ?

– Je sais tout, c'est ma fonction. Votre arrivée hier, votre attente dans un bar, la polémique sur le grog, l'insistance au Poste de Garde, votre errance hébétée, votre tapage à la porte de l'Hôtel, puis l'impossibilité à répondre à des questions simples à propos du règlement intérieur, et ce matin vos remarques désobligeantes à propos du petit-déjeuner. Je n'ignore rien. On m'a donné une fiche très complète. Je suis le Policier. Moi je sais. Vous, qui êtes l'Enquêteur, vous ne savez pas, vous cherchez. J'ai une bonne longueur d'avance sur vous. Deux, vous ai-je dit.

– Pardon ?

– Deux comprimés. Allez-y, il vous reste une goutte de café. »

L'Enquêteur tenait le tube de médicaments dans le creux de sa paume. Il hésitait à l'ouvrir. Le Policier partit d'un grand rire.

« Mais n'ayez pas peur voyons ! Je suis le Policier, pas l'Assassin ! Chacun son rôle ! Le vôtre, c'est bien d'être l'Enquêteur, non ? Et si vous respectez la posologie, il n'y a aucun risque. »

L'Enquêteur acquiesça lentement.

« Eh bien voilà. Tout est clair ! Faites comme si je n'étais pas là. » Disant cela, le Policier baissa la tête et inspecta ses mains avec ostentation, comme pour prouver qu'il ne surveillait pas les gestes de l'Enquêteur. Celui-ci, totalement désarçonné par l'arrivée subite de ce personnage, ne savait pas comment réagir face à lui. Il finit par ouvrir le tube, en sortit deux comprimés, qui eux aussi, comme le tube, étaient jaune et bleu, les regarda avec attention, tenta de les respirer mais son nez était tellement bouché qu'il ne pouvait plus rien sentir. Il hésita encore un peu, puis les plaça sur sa langue, ferma les yeux et les avala en buvant ce qui restait de l'infect café noir.

Le Policier avait relevé la tête et le regardait de nouveau. Il souriait toujours.

« Alors, ces suicides ? Combien exactement ?

– 23. Mais avec un doute sur l'un d'entre eux. On ne sait pas si la personne a mis fin à ses jours ou si c'était un accident. Le gaz.

– Radical, le gaz ! On meurt et, parfois, on entraîne les autres dans le voyage. C'était le cas ?

– Non. Il habitait seul dans un pavillon.

– Dommage...

– Pardon ?

– Rien. Oubliez. »

Il y eut un silence. Le Policier paraissait soupeser ce que venait de lui dire l'Enquêteur à propos des suicides. Il n'avait pas perdu son sourire. Il fit un petit geste de la main, comme pour balayer tout cela et passer à autre chose.

« Vous devez penser que vous êtes tombé dans un lieu singulier, non ?

– C'est-à-dire que, pour tout vous avouer...

– Tssst tssst, interrompit le Policier qui était parti d'un grand rire, vous n'avez rien à avouer

59

du tout. Notre conversation n'est pas un inter-rogatoire, détendez-vous ! »

L'Enquêteur ne sut pas exactement pourquoi, mais lui qui n'avait absolument rien à se repro-cher fut soudain délivré d'un grand poids. Il se mit à rire avec le Policier. Cela faisait du bien. Oh oui, comme cela faisait du bien de rire, avec cet homme en définitive bienveillant et qui s'étonnait lui aussi de la tournure des choses.

« Je peux tout vous confier, reprit l'Enquê-teur : figurez-vous que je n'y comprends rien. J'ai l'impression de vivre une sorte de cauchemar depuis que j'ai posé le pied dans cette ville, ou plutôt d'être la proie d'un gigantesque canular. Tout paraît se mettre en place pour m'empêcher de faire ce que j'ai à faire…

– L'Enquête sur les suicides ?

– Exactement ! C'est comme si, ce que je vais dire va vous paraître absurde, mais c'est comme si tout ici, dans cette ville, y compris le tracé des rues, l'absence d'indications, le climat, tout conspi-rait pour que je ne puisse pas faire mon Enquête, ou qu'elle soit le plus possible retardée. Je n'ai jamais connu cela. Et cet hôtel ! A-t-on jamais vu un hôtel pareil ? »

Le Policier réfléchit avec intensité. Sa figure ronde garda son sourire mais ses yeux parurent se rétrécir comme dans un intense effort de concen-tration.

« J'ai ressenti la même chose que vous lorsque je suis arrivé. Je suis là depuis peu de temps. Nous sommes sans cesse trimballés d'un poste à un autre, et nous ne pouvons pas nous plaindre évidemment, nous n'en avons pas le droit. Je me suis demandé pourquoi j'étais ici, qui donc avait bien pu prendre la décision saugrenue de m'envoyer dans cet endroit, et dans quel but. Je savais certes que j'étais le Policier, mais on ne m'avait pas donné plus de précisions sur ce que j'avais à faire, sur le rôle qu'on voulait que je tienne. Très étrange. Très très étrange. Et puis, je ne sais pas trop comment l'exprimer, mais j'avais la sensation très nette d'une… présence.

– Comme si on vous observait ?

– Exactement. Tout à fait cela ! Mais je n'ai jamais réussi à surprendre quelqu'un.

– Moi c'est pareil, j'ai cette sensation depuis hier au soir.

– Mais bon… on finit par s'y faire ! C'est le propre de l'homme de s'adapter, n'est-ce pas ? Et de nos jours, ne sommes-nous pas tous constamment surveillés, où que nous soyons, et quoi que nous fassions ? »

Les deux hommes devinrent songeurs, mais la sonnerie d'un téléphone retentit. Tous deux en même temps se mirent à fouiller leurs poches avec précipitation, ce qui les fit rire, mais l'Enquêteur se souvint que le sien était totalement déchargé. Le Policier sortit son appareil de sa veste, un téléphone d'un modèle que l'Enquêteur n'avait jamais vu, oblong, muni d'une seule touche, sur laquelle il appuya, tout en s'excusant d'une mimique.

« Oui... ? »

L'Enquêteur se sentit soulagé. Cet homme en face de lui, qui par certains aspects lui ressemblait beaucoup, le réconfortait.

« Tiens... tiens... », fit le Policier en sortant un carton et un stylo de sa poche. Son visage venait de perdre son sourire.

« À quelle heure dites-vous ? »

Il griffonna quelques notes.

« Vous en êtes certain ? »

L'Enquêteur détourna le regard pour ne pas le gêner.

« Très bien. Merci de m'avoir averti. »

Le Policier appuya sur l'unique touche du téléphone et le glissa lentement dans une de ses poches. Il relut les notes qu'il venait de prendre d'un air soucieux tout en se grattant la nuque, puis ferma son calepin d'un geste sec. Ses yeux étaient désormais ceux d'un renard, très minces, ocre et brillants.

« Rien de grave j'espère ? demanda l'Enquêteur sur un ton léger.

– Cela dépend pour qui », répondit avec froideur le Policier. Il enchaîna sèchement, d'une voix métallique, en pesant chacun de ses mots :

« Pouvez-vous m'expliquer pourquoi, à 7 h 21, aujourd'hui, vous vous êtes introduit dans les toilettes pour femmes, et pour quelle raison vous y avez détruit volontairement une serviette ainsi que son support composite de bois et de métal avec une injustifiable sauvagerie ? »

La biscotte que l'Enquêteur tenait encore dans ses doigts explosa en mille morceaux, en même temps qu'il eut l'impression que deux mains le précipitaient dans un gouffre sans fond.

# XI

La matinée était déjà très avancée lorsqu'il put enfin quitter l'Hôtel de l'Espérance.

Le Policier l'avait retenu près de deux heures, et, pendant ces deux heures, il avait dû répondre à un déluge de questions posées avec rudesse, certaines répétées plusieurs fois à quelques minutes d'intervalle, afin de vérifier si ses réponses ne variaient pas. Il lui fallut expliquer trois fois ses moindres faits et gestes depuis son lever, du coup de fil qui l'avait réveillé, en passant par la fenêtre murée – « Je vérifierai ! » avait dit alors le Policier, presque menaçant –, jusqu'au décompte des marches de l'escalier, la présence massive des Touristes dans la salle du petit-déjeuner – « Des Touristes ? Vraiment... ? Première nouvelle ! » ricana le Policier – et finalement l'incident des toilettes.

Le Policier tint aussi, et avec la plus extrême attention, à examiner la plaie qui balafrait le front de l'Enquêteur. Il sortit pour ce faire une paire de gants chirurgicaux. Ensuite, il se leva et ordonna à l'Enquêteur de l'accompagner aux toilettes en vue de procéder à une reconstitution.

« Une quoi !?

— Vous m'avez parfaitement compris.

— Mais vous êtes malade ! Une reconstitution pour une serviette déchirée ? Mais dans quel monde sommes-nous ? Je n'ai pas de temps à perdre avec vos enfantillages. J'ai un travail qui m'attend. J'ai une Enquête à mener. Des êtres sont morts. Des hommes et des femmes se sont suicidés, je ne crois pas que vous réalisiez ce que cela représente de se suicider, et il me faut comprendre pourquoi. J'ai besoin de savoir pourquoi en si peu de temps, au sein de la même entreprise, au sein de l'Entreprise, des gens ont été à ce point désespérés qu'ils ont préféré en finir plutôt que de faire appel à un Psychologue, de s'en ouvrir au Médecin du travail, de solliciter un entretien auprès du Directeur des Ressources Humaines, de se confier à des collègues ou à un membre de leur famille, ou même d'appeler un des nombreux numéros d'associations qui viennent en aide aux êtres souffrants ! Et vous me mettez des bâtons dans les roues en me retenant à cause de broutilles, vous me questionnez pendant une heure à propos d'une serviette endommagée, de déprédations qui n'auraient jamais eu lieu si cet hôtel assurait le minimum des services qu'un client est en droit d'exiger, vous me faites perdre mon temps en...

– Qui suis-je ? l'interrompit le Policier.

– Je vous demande pardon ?

– Qui suis-je ?

– Vous êtes... Vous m'avez dit que vous étiez le Policier.

– Exactement. Et alors ?

– Et alors quoi ?

– Et alors ?! Conteste-t-on les ordres du Policier ? »

L'Enquêteur ouvrit la bouche, sentit sa gorge s'assécher et les mots y mourir. Ses épaules s'affaissèrent.

« Finissons-en au plus vite », murmura-t-il en expirant.

Le Policier le pria de le suivre jusqu'aux toilettes. La reconstitution pouvait avoir lieu. Elle dura vingt-sept minutes. L'Enquêteur dut refaire les gestes et les déplacements qui avaient été les siens. Le Policier l'observa sous différents angles, griffonna des notes, fit un croquis d'une grande précision, marcha à longues enjambées pour mesurer l'espace, les distances, prit avec son téléphone portable quelques photographies du porte-serviettes arraché et de la serviette déchirée qu'il avait extraite de la poubelle après avoir enfilé une nouvelle paire de gants chirurgicaux, et de l'Enquêteur, en gros plan, de face et de profil. Il posa quelques questions, constata que les taches sur le pantalon et la veste de l'Enquêteur n'avaient pas disparu, et lorsqu'il eut enfin l'air convaincu que l'Enquêteur ne lui cachait rien et qu'il avait dit la stricte vérité, il le pria de le suivre jusqu'à son local.

« Votre local ? Quel local ?

– Mon bureau, si vous préférez. Croyez-vous que j'allais vous laisser partir sans prendre votre déposition ?

– Ma déposi... »

Le Policier partait déjà. L'Enquêteur fut contraint de lui emboîter le pas. Tous deux sortirent des toilettes. Le Policier referma la porte derrière eux et, à la grande stupéfaction de l'Enquêteur, apposa sur celle-ci des scellés. Puis ils traversèrent l'immense salle du petit-déjeuner, passèrent devant la réception, toujours déserte, et s'arrêtèrent devant une porte située à la droite de celle-ci sur laquelle un panonceau indiquait : « *Entrée interdite à toute personne étrangère au service.* » Le Policier tira une clé de sa poche, la fit jouer dans la serrure, ouvrit la porte et pria l'Enquêteur d'entrer.

C'était un placard à balais : y étaient entassés un grand nombre de seaux, de serpillières, d'éponges, de pelles, de produits d'entretien ainsi qu'un très gros aspirateur. Dans un angle, sur deux tréteaux, deux planches posées côte à côte supportaient une machine à écrire mécanique.

« Je ne supporte pas l'informatique, lança le Policier qui avait remarqué le regard sceptique de l'Enquêteur. L'informatique déshumanise les rapports. »

Le Policier tendait un seau en plastique rose à l'Enquêteur. Celui-ci le saisit sans comprendre. Le Policier en attrapa un autre, un bleu, le retourna et s'assit dessus.

« Allez-y, n'ayez pas peur, ils sont assez solides et finalement très confortables. On ne m'a pas encore livré les chaises. »

Le Policier introduisit une feuille de papier dans le rouleau de la machine. Il accomplit ce geste avec la plus extrême méticulosité. Il recommença d'ailleurs trois fois car la feuille lui semblait insérée légèrement de travers.

« Et si j'avais affaire à un fou ? s'interrogea soudain l'Enquêteur. Peut-être n'est-il pas plus policier que je ne suis Dieu le père ? Il ne m'a pas montré sa carte. Il a son bureau dans un hôtel, et quel bureau ? Un vulgaire cagibi ! Mais oui, c'est un fou ! Pourquoi n'y ai-je pas songé plus tôt ? »

Cette pensée lui redonna confiance. Il faillit éclater de rire mais se retint. Mieux valait ne rien laisser paraître, demeurer encore quelques instants dans le jeu du déséquilibré, et puis déguerpir au plus vite. Il aurait tout loisir ce soir de se plaindre à la Direction de l'Hôtel du temps que ce malade, qui devait être un vulgaire technicien de surface dépressif, lui avait fait perdre.

« Nous y sommes ! lança le Policier qui avait retrouvé un grand sourire à la vue de la feuille blanche, parfaitement horizontale, rigoureusement parallèle au bord supérieur du rouleau de la machine à écrire.

– Je suis à vous », lui répondit l'Enquêteur.

# XII

Un grand soleil blanchissait le ciel déjà très pâle. Il faisait doux, presque chaud, rien à voir avec la température de la nuit précédente. L'Enquêteur cligna des yeux et resta un instant immobile sur les marches de l'Hôtel, incrédule, heureux et soulagé d'être enfin dehors, même s'il était fort tard. Il se sentait un peu mieux. Était-ce l'effet des médicaments que lui avait donnés le Policier ?

Après avoir été tant malmené et déstabilisé ces dernières heures, il était de nouveau prêt à redevenir l'Enquêteur : un être scrupuleux, professionnel, attentif, rigoureux et méthodique, qui ne se laissait pas surprendre ni perturber par les circonstances ou les individus qu'il était appelé à rencontrer au cours de ses enquêtes.

Un flot humain passait en grand silence à quelques mètres devant lui, sur les trottoirs :

une foule dense, rapide, qui filait à toute allure, comme aspirée par un formidable appel d'air. Elle était constituée de femmes et d'hommes de tous âges, mais qui marchaient à la même vitesse, ne se parlaient pas, regardaient soit le sol, soit devant eux. Ce qui était également singulier, c'était que, sur le trottoir le plus proche de lui, la Foule allait de la gauche vers la droite, alors que sur l'autre trottoir, de l'autre côté de la chaussée, c'était l'inverse, comme si, quelque part, quelqu'un avait instauré un sens de circulation que personne n'osait enfreindre.

La seule rumeur perceptible était celle, très légère, qui provenait des véhicules. Ceux-ci circulaient au pas, dans un sens unique, de la droite vers la gauche. C'était un grandiose embouteillage ! Les voitures progressaient avec une extrême lenteur, mais dans le plus parfait ordonnancement, et l'Enquêteur ne découvrit aucun signe d'énervement sur le visage des conducteurs, qui regardaient droit devant eux et paraissaient prendre leur mal en patience. Aucun klaxon non plus, pas d'invectives, simplement le bruissement des moteurs, élégant, presque assourdi, volatil.

La Ville avait résolument changé de rythme. De déserte aux heures de la nuit, elle présentait en plein jour le visage d'une animation industrieuse et concentrée, régulière, fluide, qui fouetta l'Enquêteur et lui procura un sursaut d'énergie. Certes, la densité de la Foule et celle du trafic étaient surprenantes rapportées à la désolation et au vide nocturnes, mais après les événements déconcertants qu'il venait de vivre et les personnages curieux auxquels il avait eu affaire, il avait tout de même le sentiment de retomber dans une forme de normalité qu'il voulait accepter en éludant les questions gênantes.

Encore lui fallait-il se repérer. Il n'avait pas voulu demander son chemin au Policier, certain que celui-ci, policier ou non, en aurait encore profité pour lui poser un nombre infini de questions et peut-être même le placer en garde à vue dans son réduit.

L'Enquêteur examina les bâtiments qu'il pouvait apercevoir : entrepôts gigantesques, successions de hangars métalliques ou en pierre dure, tours occupées par des bureaux, locaux administratifs, immenses parkings couverts, ateliers de stockage, laboratoires, cheminées en métal d'où s'échappaient des fumées presque transparentes. L'hétérogénéité de ces constructions n'était en fait qu'apparente puisque toutes appartenaient au dispositif de l'Entreprise, comme le démontrait le mur d'enceinte qui les englobait, délimitant une frontière, mais créant aussi des soudures, des liens, des ponts, des adhérences entre eux, les assimilant aux cellules ou aux membres d'un seul et même corps gigantesque.

Toute la Ville paraissait se résumer dans l'Entreprise, comme si celle-ci, peu à peu, dans un processus d'expansion que rien n'avait pu freiner, s'était étendue au-delà de ses limites premières, avalant ses périphéries, les digérant, les assimilant en leur instillant sa propre identité. Il se dégageait de tout cela une force mystérieuse qui donna un bref vertige à l'Enquêteur. Lui qui depuis très longtemps avait conscience que sa place dans le monde et la société relevait de l'échelle microscopique découvrait, face à ce paysage de la démesure de l'Entreprise, une autre forme de malaise, celui de son anonymat. En plus de savoir qu'il n'était rien, il se rendait compte soudain qu'il n'était personne. Cette pensée, sans l'inquiéter, entra tout de même en lui comme un curieux et mince ver pénètre dans un fruit déjà fragile.

Mais il mit subitement un terme à sa songerie lorsqu'il aperçut, à environ deux cents mètres sur sa gauche, de l'autre côté de la rue, un renfoncement dans le mur d'enceinte qui provoqua en lui une sorte d'éblouissement. Oui, cet angle très ouvert, cette rupture dans la continuité du mur, c'était cela à n'en pas douter : c'était bien l'entrée. L'entrée de l'Entreprise. L'entrée où se situait le Poste de Garde. Et dire que l'Hôtel se trouvait à une minute à peine : il lui avait fallu des heures pour aller de l'un à l'autre, et Dieu sait par quel impossible chemin. Il y avait de quoi rire. L'Enquêteur se sentit presque euphorique.

Il descendit les quatre marches jusqu'au trottoir et chercha des yeux un passage pour piétons afin de pouvoir traverser. Mais il eut beau scruter les environs du mieux qu'il pouvait, se pencher jusqu'à mettre son visage au ras du sol afin de distinguer, entre les jambes des passants et sous les roues des voitures, des bandes blanches significatives, remonter les quatre marches, se dresser ensuite sur la pointe des pieds pour essayer d'apercevoir le plus loin possible un feu rouge, il ne découvrit rien.

L'Enquêteur réfléchit quelques instants, et prit une résolution : il se dit qu'il avait perdu assez de temps comme cela et se décida à franchir le flot des voitures, ce qui ne devait de toute façon pas poser de problème, vu leur très faible vitesse.

# XIII

La première difficulté, qu'il avait en réalité totalement sous-estimée, fut de réussir à atteindre l'extrémité du trottoir, c'est-à-dire de franchir la masse mouvante et compacte des hommes et des femmes qui marchaient devant lui, frange large de deux ou trois mètres mais dont la texture était dense, mobile, paisiblement hostile.

Il eut beau dans un premier temps prononcer à haute voix de nombreuses paroles d'excuse, expliquant avec des gestes modestes qu'il voulait passer, se montrer on ne peut plus poli et plus encore, personne ne s'arrêta, ni ne se poussa afin de lui permettre de se faufiler entre les corps. Les femmes et les hommes qui marchaient ne le regardaient pas. Beaucoup avaient sur les oreilles des casques ou des écouteurs, d'autres, très nombreux aussi, utilisaient un téléphone à un seul bouton, identique à celui du Policier, sur lequel ils écrivaient des messages ou recevaient des appels.

L'Enquêteur se dit que, dans ces conditions, il lui fallait se résigner à forcer le passage, à jouer des coudes, sans trop se poser de questions, quitte à marcher sur quelques pieds ou bousculer deux ou trois personnes. Il en avait de toute façon assez qu'on ne fît pas attention à lui. Il respira un grand coup et se lança.

Ce fut une étrange bousculade, qui se déroula sans agressivité, mais dans une forme de violence muette, extrême et déroutante : une mêlée de corps sans cris, sans insultes, sans gestes déplacés, sans haine. L'Enquêteur eut tout à la fois l'impression de nager dans un torrent aux eaux tumultueuses et d'être repoussé par un bulldozer aux formes souples et molles. Il battit des mains, il agrippa, griffa, empoigna, sépara, hurla, cria, apostropha, gémit, supplia, s'humilia même. Il déploya une énergie qu'il puisa au plus profond de lui. Enfin, il parvint de l'autre côté.

L'effort avait été aussi intense en vérité que la distance parcourue avait été petite. Il était à bout de souffle et il s'aperçut que, dans la lutte, son imperméable, qui ressemblait déjà à un vieux drap mal repassé, avait beaucoup souffert : sa poche droite s'était déchirée et le tissu pendait, comme une grande oreille de chien, souple et penaude. Il ne perdit pas de temps à se lamenter car il lui restait encore à franchir le flot des véhicules.

Il leva la main en direction du conducteur du premier véhicule qui se trouvait sur sa gauche, pour lui faire comprendre qu'il allait passer, mais, à peine avait-il fait deux ou trois pas sur la route, juste suffisants pour contourner par le devant cette première voiture et commencer à se glisser entre les deux suivantes, que soudain mille klaxons retentirent dans un vacarme qui pétrifia l'Enquêteur.

Le bruit était si démesuré qu'il se demanda s'il était bien réel. Il rouvrit les yeux, qu'il avait fermés par une sorte de réflexe quelques fractions de seconde plus tôt : toutes les voitures s'étaient immobilisées. Dans chacune d'entre elles, le conducteur, homme ou femme, appuyait férocement sur son klaxon, et surtout, surtout, chacun de ces conducteurs, de ces dizaines, centaines de conducteurs, le regardait, lui, l'Enquêteur, immobilisé parmi les véhicules.

Une sueur froide coula le long de sa nuque. Subitement les klaxons cessèrent. Mais aussitôt, des milliers de voix amalgamées, intriquées, unies, s'élevèrent des trottoirs dans un phénoménal brouhaha. C'était comme si un stade entier s'était mis à l'unisson pour hurler. Et, là encore, toutes les femmes et tous les hommes qui, quelques instants plus tôt, marchaient en ordre et en silence, d'une allure égale et régulière, occupés par leurs pensées, leurs musiques, leurs conversations téléphoniques, ne se préoccupant pas le moins du monde de leur environnement, s'étaient arrêtés et toutes et tous le regardaient en criant à son adresse des mots rendus inaudibles parce que entrechoqués, broyés, fracassés les uns contre les autres, déformés par les ricochets de leurs syllabes concassées. Il s'affola, vacilla, se rattrapa de justesse en s'appuyant sur le capot d'une voiture et, précipitamment, revint sur ses pas, prit de nouveau pied sur le trottoir qu'il avait quitté moins d'une minute plus tôt.

Il tremblait. Plus personne ne s'intéressait désormais à lui. Sur la chaussée, les voitures roulaient, au pas, leurs conducteurs regardaient droit devant eux. De l'autre côté, les uns et les autres avaient également repris leur marche. Tout était rentré dans l'ordre. Mais dans quel ordre ?

Imperceptiblement, la Foule l'entraînait dans son mouvement. Il n'y avait pas à résister. Ses jambes, avant même que son cerveau ne le décide, s'étaient calquées sur le rythme des autres jambes qui les entouraient. Lui aussi marchait maintenant, et dans la direction dictée par le Groupe, alors même que cette direction n'était pas la bonne puisqu'elle le faisait aller vers la droite, tandis que l'entrée de l'Entreprise, le Poste de Garde se trouvaient là-bas, à quelques centaines de mètres, sur la gauche.

# XIV

Ce furent de très étranges moments, sans
doute les plus étranges qu'il ait vécus depuis son
arrivée dans la Ville, que cette dérive involon-
taire. L'Enquêteur, en se laissant porter comme
un fétu sur le grand courant d'un fleuve, abdi-
qua. Il renonça pour la première fois de son
existence à se penser en tant qu'individu ayant
une volonté, le choix de ses actions, vivant dans
un pays qui garantissait à chacun des libertés
fondamentales, tellement fondamentales que, la
plupart du temps, tous ses citoyens y compris
l'Enquêteur, en jouissaient sans en avoir pleine-
ment conscience. Dissous dans l'immense masse
mobile de ces piétons muets, il se glissa, cessa de
penser, refusa d'analyser la situation, ne chercha
pas à la combattre. C'était un peu comme s'il

avait à demi quitté son corps pour entrer dans un autre corps, vaste et sans limites.

Combien de temps cela dura-t-il ? Qui pouvait vraiment le savoir ? En tout cas, pas l'Enquêteur, c'est certain. Lui ne savait plus grand-chose. Il avait presque, comme sous le coup d'un violent psychotrope, oublié sa raison d'être. Il continuait à exister mollement. Il perdait de son épaisseur.

Il se mit de nouveau à faire plus frais, et puis brutalement plus froid. Le ciel se drapa d'un voile gris d'où bientôt s'échappèrent quelques flocons. Ces petites pointes éphémères et glacées, tombées sur le crâne de l'Enquêteur, le ramenèrent à sa situation présente. Il frissonna et se rendit compte qu'apparaissait au-dessus des têtes l'enseigne de l'Hôtel, de son hôtel, l'« Hôtel de l'Espérance ». Il se dit finalement que ses sens étaient totalement déroutés. Lui qui pensait avoir été entraîné par la Foule pendant des heures n'avait en définitive parcouru qu'une courte distance.

Un détail tout de même l'interpellait. Était-ce vraiment le même hôtel ? La même enseigne ? Quelque chose avait changé. L'Hôtel était bien à sa place, de l'autre côté du trottoir, entre deux bâtiments qu'il identifiait formellement eux aussi. De l'autre côté de la rue. De l'autre cô… ! Bien sûr voyons ! Voilà ce qui avait changé ! Si l'Hôtel était de l'autre côté, c'était que lui-même ne se trouvait plus sur le même trottoir, c'était donc qu'à un moment ou à un autre il avait changé de trottoir, et qu'il marchait dorénavant sur le côté de la rue où se situait l'entrée de l'Entreprise ! D'ailleurs, oui, là, un peu plus loin, sur sa gauche, c'était bien elle ! Il pouvait même distinguer le Poste de Garde.

Il fallait faire vite, glisser le plus à gauche du ruban humain de façon à ce que, dans quelques secondes, il puisse s'échapper du flot de la Foule, sortir de la masse, redevenir un être isolé, unique. Encore quelques pas, encore quelques mètres, surtout ne pas rater sa sortie, surtout ne pas être gêné au dernier moment par un individu qu'il n'aurait pas vu venir derrière lui...

Ouf ! Il avait réussi.

# XV

Le Poste de Garde semblait de jour beaucoup moins hostile qu'aux heures de la nuit. Au fond, ce n'était qu'un simple bâtiment, sans grâce, presque laid, mais qui n'avait rien de militaire. Il n'eut pas besoin de sonner à l'interphone pour qu'on lui réponde. Il lui suffit de s'approcher au plus près de la vitre, là où celle-ci était trouée d'une vingtaine de points disposés de façon concentrique, de se pencher un peu pour s'adresser à un homme entre deux âges, le cheveu clairsemé, le visage rondouillard, le Garde, vêtu de blanc comme un Laborantin ou un Chimiste, et qui attendait en souriant assis de l'autre côté du vitrage.

« Bonjour ! dit l'Enquêteur, pressentant qu'il allait enfin s'adresser à un interlocuteur attentif.

— Bonjour, lui répondit le Garde d'une voix engageante.

– Je suis l'Enquêteur. »

Le Garde ne perdit pas son sourire mais l'Enquêteur s'aperçut que son regard avait changé. Le Garde le dévisageait. Cela dura quelques secondes, puis il consulta un large registre ouvert devant lui. Il parut ne rien voir, regarda les pages précédentes, allant de ligne en ligne en s'aidant de son index droit. Enfin, il s'arrêta sur l'une d'entre elles, tapota trois fois à cet endroit.

« Votre arrivée était prévue hier à 17 heures.

– Effectivement, répondit l'Enquêteur, mais j'ai été considérablement retardé.

– Auriez-vous une pièce d'identité, s'il vous plaît ? demanda le Garde.

– Bien sûr ! »

L'Enquêteur plongea la main dans la poche intérieure de sa veste, n'y trouva rien, fouilla l'autre poche, commença à pâlir, palpa son imperméable, puis soudain se rappela qu'il avait donné ses papiers d'identité ainsi que sa carte de crédit à la Géante, qui les avait déposés sous ses yeux dans le coffre de l'Hôtel. Il avait totalement oublié de les réclamer ce matin.

« Je suis désolé, dit-il, mais j'ai tout laissé à mon hôtel. L'Hôtel de l'Espérance, vous devez connaître, il est à quelques centaines de mètres d'ici. De l'autre côté de la rue. »

Ces paroles eurent pour effet de chiffonner la mine avenante du Garde. Celui-ci parut réfléchir. L'Enquêteur tentait de garder son large sourire comme pour le convaincre de son honnêteté.

« Je vous demande quelques secondes. »

Le Garde ferma le registre, coupa le microphone qui le reliait à l'extérieur, décrocha un téléphone et composa un numéro. Il obtint assez vite son interlocuteur car l'Enquêteur le vit parler. La conversation dura. Le Garde rouvrit le registre, pointa du doigt la ligne sur laquelle était écrite l'heure d'arrivée de l'Enquêteur, palabra, sembla répondre à de nombreuses questions, regarda avec précision l'Enquêteur, tout en parlant, peut-être le décrivait-il, puis, enfin, raccrocha et rouvrit le microphone.

« On va venir vous chercher. Vous pouvez patienter devant la barrière de sécurité sur votre droite. »

L'Enquêteur remercia le Garde et se dirigea vers l'endroit qu'il lui avait indiqué.

On avait enlevé les chevaux de frise, les rouleaux de barbelés, les herses et les chicanes. Seule une grande barrière métallique automatisée barrait l'entrée de l'Entreprise. Se tenait près d'elle un Vigile vêtu d'une tenue grise paramilitaire, d'une casquette de la même couleur, et dont la taille s'ornait d'une large ceinture à laquelle étaient accrochés de nombreux objets, une matraque, une bombe de gaz paralysant, un pistolet électrique, une paire de menottes, un trousseau de clés, un téléphone portable, une lampe de poche, un couteau dans son étui et un talkie-walkie. Il était également muni d'une oreillette et d'un petit micro accroché au revers de son blouson.

Lorsqu'il vit l'Enquêteur s'approcher de la barrière, il quitta sa position et fit lentement quelques pas dans sa direction pour lui interdire le passage, mais aussitôt l'oreillette et le petit micro grésillèrent. Le Vigile s'arrêta, se figea, écouta ce qu'on lui disait, et répondit simplement : « Noté ! »

Il ignorait l'Enquêteur. Il le dominait de deux têtes et ses yeux se perdaient vers les toits lointains. L'Enquêteur fut de nouveau mal à l'aise : en effet, quelle allure vraiment ! Il n'était pas rasé, son front était barré d'une plaie importante et boursouflée, son nez était à vif et coulait sans cesse, la poche déchirée de son imperméable totalement froissé pendait sur son flanc, ses chaussures encore mouillées ressemblaient à de petites peaux de bête mal tannées, et il avait bien toutes les peines du monde à dissimuler avec le revers de son imperméable les deux grandes taches de café qui souillaient sa veste et son pantalon.

« Un clochard, voilà de quoi j'ai l'air... peut-être même un ivrogne, alors que je n'ai jamais bu une seule goutte d'alcool de ma vie », songea-t-il. La tenue du Vigile par contre était impeccable : aucun pli, aucune tache, aucun accroc. Ses chaussures parfaitement cirées se moquaient de tous les flocons qui tombaient sur elles. L'homme était rasé de près. Tout chez lui était propre et neuf. On l'aurait cru sorti d'une boîte.

« Quel temps ! » dit l'Enquêteur avec un petit sourire, mais le Vigile ne lui répondit pas. Il en fut plus peiné que vexé. Comptait-il si peu ? Était-il à ce point insignifiant ? L'effet des deux comprimés avalés avec l'horrible café s'estompait. Une grande fatigue coulait dans tout son corps en même temps que chacun de ses os devenait un point de douleur. Sa tête avait pris place dans un étau, et une main féroce resserrait peu à peu la vis sur ses tempes. Il avait chaud. Il avait froid. Il grelottait, transpirait, éternuait, toussait, s'étouffait, toussait encore.

« Gardez vos microbes, nous n'avons vraiment pas besoin de ça en ce moment ! »

# XVI

Tout occupé à ses éternuements, il n'avait pas vu arriver l'homme qui venait de lui lancer cette phrase sur un ton alerte.

« Vous êtes l'Enquêteur ? »

L'Enquêteur, presque à contrecœur, fit oui de la tête tout en se mouchant.

« Je suis le Guide. Je vais vous accompagner chez le Responsable. Je ne vous serre pas la main, ne le prenez pas mal. Tenez, c'est pour vous. »

Le Guide pouvait avoir le même âge que lui. Pas très grand, portant un élégant costume gris, le visage un peu gras, il ne lui restait plus beaucoup de cheveux sur le crâne. Il tendit à l'Enquêteur un sac dans lequel celui-ci découvrit différents objets : une grande blouse blanche, un casque de chantier de la même couleur, un stylo, un porte-clés orné de la photographie d'un vieillard à moustache – le même homme dont la photographie encadrée se trouvait sur un mur de la chambre d'hôtel ? –, un carnet et un petit drapeau en plastique siglés du logo de l'Entreprise, ainsi qu'un badge sur lequel était écrit en caractères gras : « Élément Extérieur ».

« C'est le traditionnel cadeau de bienvenue. Je vous prierai d'enfiler immédiatement la blouse, d'y cliper votre badge sur la poche supérieure gauche et de mettre le casque sur votre tête.

– Bien sûr », fit l'Enquêteur, comme si cela lui paraissait tout naturel. La blouse était bien trop grande, et le casque, trop petit. Quant au badge, il était parfait.

« Vous me suivez ? »

L'Enquêteur ne se fit pas prier. Les choses sérieuses enfin allaient pouvoir commencer. Il était content de porter cette blouse, fût-elle trop grande, mais qui cachait l'état de délabrement de sa tenue, et le casque lui assurait une tendre chaleur sur le crâne, comme si une main amie le caressait, et le mettait à l'abri de la neige qui tombait de plus en plus dru. Il retrouvait des forces.

« Vous n'en portez pas ? questionna l'Enquêteur.

– Pardon ?

– De casque et de blouse. Vous n'en portez pas ?

– Non, c'est en vérité inutile, mais absolument obligatoire pour les Éléments Extérieurs. Nous ne transigeons jamais sur le règlement. Attention à ne pas vous éloigner de la ligne, s'il vous plaît ! »

Ils marchèrent en suivant une ligne rouge tracée sur le sol. Parallèles à celle-ci, il y avait aussi une ligne jaune, une ligne verte et une ligne bleue. L'Enquêteur profita de ce moment pour se faire préciser les activités de l'Entreprise.

« C'est une vaste question, commença par lui dire le Guide, et je ne suis pas le mieux placé pour vous répondre. Je ne sais pas tout. Je ne sais au fond pas grand-chose. L'Entreprise couvre tellement d'activités : communication, ingénierie, traitements des eaux, énergies renouvelables, nucléo-chimie, exploitation pétrolière, valorisation d'actifs, recherche pharmaceutique, nano-technologies, thérapie génique, agro-alimentaire, banques, assurances, prospection minière, béton, immobilier, stockage et dégraissage de données non conventionnelles, armement, développement humanitaire, aide au micro-crédit, éducation et formation, textile, plasturgie, édition, BTP, préservation des patrimoines, conseil en investissement et fiscalité, agriculture, exploitation forestière, analyse mentale, divertissements, chirurgie, aide aux victimes de catastrophes, et j'en oublie évidemment ! Voyez-vous, je ne suis pas certain qu'un seul secteur de l'activité développée par les hommes ne dépende pas directement ou indirectement de l'Entreprise, ou d'une de ses filiales. Tenez, nous arrivons. »

L'Enquêteur ne parvenait pas à digérer l'énumération qu'avait faite le Guide. Il était loin de se douter que l'Entreprise couvrît tous ces domaines, et il avait du mal à comprendre comment cela était possible. Il eut brièvement le sentiment qu'il allait être bien seul face à ce corps à mille têtes et en fut paniqué.

Ils approchaient d'un immeuble de verre de forme conique, et l'Enquêteur s'aperçut que les lignes jaune, verte et bleue obliquaient vers la droite, tandis que la ligne rouge aboutissait directement à l'entrée de ce bâtiment.

« Si vous voulez bien vous donner la peine. »

Le Guide lui ouvrit la porte, et tous deux entrèrent. Un escalier montait dans les étages en s'enroulant sur lui-même, un peu comme à l'Hôtel, mais celui-ci ne paraissait comporter que des marches égales les unes aux autres. Derrière des portes en verre sablé, on distinguait des silhouettes figées, des êtres au sexe indéfini, qui semblaient assis à des bureaux, occupés devant des formes parallélépipédiques qui pouvaient être des ordinateurs. L'ambiance était très silencieuse, presque recueillie.

« Je vous demande de patienter un instant, je vais prévenir le Responsable. Si vous voulez bien vous asseoir en attendant. » Le Guide lui désignait trois sièges derrière une table basse sur laquelle étaient disposées un certain nombre de brochures.

« J'ai fait préparer à votre intention par un Collaborateur un ensemble de documents qui vous donneront une idée de la politique sociale de l'Entreprise, de son fonctionnement et du souci constant qu'a l'Entreprise du bien-être de ses employés. »

L'Enquêteur le remercia, et le Guide commença à monter l'escalier. Ses pas résonnèrent comme sur le pavé d'une cathédrale, et son corps s'amenuisa mais resta visible grâce aux marches transparentes, d'un verre bleuté, azuréen, à mesure qu'il progressait vers le ciel dans le grand colimaçon.

Le siège qu'avait choisi l'Enquêteur se révéla très vite inconfortable. Comme son assise était légèrement inclinée vers l'avant, il ne cessait de glisser. Il voulut en changer mais s'aperçut que les autres présentaient le même défaut. Il contracta les muscles de ses cuisses et tenta d'oublier ce désagrément en se plongeant dans les dépliants et livrets posés sur la table.

Ils étaient en vérité totalement hétéroclites : quelques coupures de presse sur l'Entreprise côtoyaient les menus proposés à la cantine durant les deux derniers mois de l'année précédente, un organigramme rendu proprement illisible par la mauvaise qualité de la photocopie voisinait avec le bilan d'une visite effectuée chez un industriel asiatique spécialisé dans la fabrication de la sauce soja. Il y avait aussi un fascicule censé dresser, comme son titre l'indiquait, la Liste intégrale des membres du personnel de l'Entreprise au 1<sup>er</sup> janvier de l'année en cours, classés par pays, postes et secteurs, mais il ne contenait que deux ou trois cents feuilles blanches. L'Enquêteur trouva également des formulaires d'inscription à une soirée tango organisée par l'Amicale des Cadres Techniques du Service Transport de la Région 3, une circulaire avisant les manutentionnaires du Secteur Conditionnement International de l'ouverture d'une maison de repos située dans les Balkans, le mode d'emploi en dix langues d'un dictaphone de marque allemande, une facture correspondant à l'achat de trente litres de savon liquide, ainsi qu'une vingtaine de photographies représentant un local en construction dont ni la situation exacte ni la destination n'étaient précisées.

Consciencieusement, l'Enquêteur parcourut chacun de ces documents, se disant qu'il comprendrait peut-être par quelle logique ils avaient été réunis. Mais tout cela demeura opaque. Il lui fallut tout de même une demi-heure pour les lire et les observer, et le Guide n'était toujours pas redescendu des étages.

L'Enquêteur plaqua soudain la main sur son ventre. Un long gargouillis venait de lui secouer les entrailles. Pas étonnant. Il n'avait rien avalé depuis les deux atroces biscottes du matin, et la veille au soir il n'avait rien mangé du tout. Il vit un peu plus loin, derrière la première courbe de l'escalier, ce qui ressemblait à un distributeur de boissons. Il lui restait deux pièces de monnaie. Peut-être pourrait-il y trouver de quoi calmer sa faim ? Il se leva, et s'aperçut que ses muscles s'étaient totalement tétanisés à cause de ces fichues chaises.

Ce fut cahin-caha, courbé en deux, les cuisses dures et crispées, qu'il se dirigea vers le distributeur, manquant par deux fois de tomber en marchant sur les pans de sa blouse qui traînaient au sol. Mais la vision de la vitrine suffit à lui faire oublier ses douleurs : un large choix de boissons chaudes et froides y était proposé mais surtout, et il ne s'attendait absolument pas à cela, des dizaines de sandwichs au poulet, au jambon, à la saucisse, au thon, agrémentés de salade verte, de tomates tranchées et de mayonnaise, magnifiques de fraîcheur, patientaient dans la vitrine réfrigérée, chacun d'eux soigneusement emballé dans un film de cellophane.

# XVII

Son choix se porta sur un chocolat chaud et un « Paysan » : « Une copieuse noix de jambon à l'os artisanal, entre deux tranches de pain véritable nappées de beurre demi-sel, feuilles de laitue, cornichons, tomates émincées », affirmait le descriptif.

N° 7 pour le chocolat et N° 32 pour le Paysan. L'Enquêteur inséra les pièces, composa les numéros, enclencha la touche de commande qui se mit à clignoter. Le distributeur se mit à parler : « Votre commande est en cours de traitement. N° 7. Chocolat chaud. Si vous voulez plus de sucre appuyez sur la touche "Sucre". »

C'était une voix de synthèse, mécanique, vaguement féminine, agréable à l'oreille malgré son fort accent étranger à l'origine indéfinissable. Il y eut dans la machine des bruits d'aspiration, de clapets qui s'ouvraient et se refermaient, de succion et d'expulsion, puis une petite porte coulissa sur la droite, découvrant le bec d'une sorte de percolateur, de la vapeur en sortit, bientôt suivie par le jet onctueux et brûlant du chocolat, au parfum délicieux, crémeux, aérien, qui coula sous les yeux de l'Enquêteur, consterné, car aucun gobelet en plastique ne s'était présenté auparavant pour recueillir le breuvage. Lorsque le jet s'interrompit, la voix artificielle souhaita une bonne dégustation à l'Enquêteur et c'est seulement lorsqu'elle se tut que le gobelet en plastique blanc, dans un bruit bref – « plop ! » – et ironique, se mit en position pour recueillir la boisson perdue. L'Enquêteur n'eut pas le temps de s'énerver ni de se désespérer car la livraison du N° 32 était sur le point de s'effectuer.

« Vous avez commandé un sandwich Paysan. Veuillez le récupérer dans le bac au bas du distributeur. Nous vous souhaitons un bon appétit. »

Le tourniquet sur lequel les sandwichs étaient installés s'ébranla. Il pivota trois fois de façon à placer le N° 32 bien en face d'un bras téléguidé qui le saisit, le sortit de son compartiment, lui fit parcourir une trentaine de centimètres dans les airs puis le lâcha en ouvrant ses quatre pinces : le Paysan tomba en direction du bac de réception, mais se coinça une vingtaine de centimètres avant de l'atteindre dans la rangée des N° 65, celle des sandwichs « Océan » : « Une savoureuse darne de thon rouge glissée dans un pain rond au sésame, huile d'olive, salade frisée, oignons et câpres. »

L'Enquêteur eut beau taper du plat de la main sur la vitrine de la machine, le Paysan ne voulut pas quitter les Océans. Il frappa de plus en plus fort, empoigna le distributeur, le secoua dans tous les sens, la seule chose qu'il parvenait à obtenir était la répétition du message de la voix de synthèse qui le félicitait de son choix, lui rappelait qu'il s'apprêtait à savourer un repas conçu selon les normes sanitaires et diététiques les plus strictes obéissant aux Conventions internationales, et lui souhaitait un excellent appétit.

Il se jeta à terre, enfila son bras dans le bac de réception, se contorsionna, rejeta en arrière le casque qui le gênait dans sa manœuvre, tendit sa main et ses doigts le plus possible, mais hélas, malgré tous ses efforts, son majeur impuissant demeurait à dix bons centimètres du sandwich.

« Vous auriez dû me demander ! »

L'Enquêteur sortit précipitamment son bras de la machine, comme un voleur surpris par la police la main dans le sac d'une vieille dame.

Le Guide le regarda en secouant la tête.

« Je vous aurais dit qu'elle ne fonctionnait pas. On ne cesse d'appeler la société qui la gère mais impossible de nous faire comprendre. Ils ont délocalisé leur unité de production au Bangladesh et personne ici ne parle encore le bengali. Nous réussissons sans problème à les avoir au téléphone, mais la communication se révèle ensuite impossible. Ne faites pas cette tête, vous n'êtes pas le premier, nous nous sommes tous fait avoir. C'est dommage d'ailleurs, parce que, quand ça marche, c'est vraiment très bon. Nous y allons ? Le Responsable vous attend. »

Le Guide marchait déjà en direction de l'escalier. L'Enquêteur se releva le plus vite possible, tira sur sa blouse, remit son casque qui s'apprêtait à tomber, et le suivit. Les gargouillis dans son ventre allaient croissant. Il fallait absolument qu'il mange quelque chose sinon il avait bien peur de s'évanouir. Le début de la montée fut assez pénible, ses pieds s'emmêlaient dans les pans de la blouse. Il fut obligé de les saisir avec ses deux mains, de les relever d'une vingtaine de centimètres, comme une mariée le fait avec les cascades de tulle de sa robe à traîne. Il se sentait totalement ridicule.

« Avez-vous eu le temps de jeter un œil à la documentation ? » demanda le Guide.

L'Enquêteur fit signe que oui.

« Instructif, n'est-ce pas ? Ce n'est pas moi qui vous ai préparé ce dossier, je n'ai fait que superviser la démarche. On m'a adjoint un Collègue de notre branche des Traitements Temporaires, qui a connu une réduction d'effectifs. C'est lui qui s'est attelé à la besogne. Dommage qu'il ne puisse rester avec moi, on va l'envoyer au Département Conceptualisation. Un Collaborateur hors pair, brillant, fin, impliqué, avec un remarquable esprit de synthèse, totalement représentatif de la culture de l'Entreprise. Il nous en faudrait davantage des comme lui. »

L'Enquêteur songea que le mieux était de ne pas répondre. Répondre à quoi ? Selon toute vraisemblance, le Guide n'avait pas consulté les mêmes documents, ceux auxquels il faisait allusion avaient dû être intervertis avec ceux qu'on lui avait remis, et qui, dans un premier temps, avaient dû être destinés à la poubelle ou à la broyeuse.

L'hélicoïde que dessinait l'escalier était excessivement harmonieux. Probablement inutile en termes d'efficacité, il procurait à celui qui l'empruntait le sentiment rare de s'élever avec légèreté et d'ignorer les ruptures, les angles, tout ce qui pouvait être pointu, agressif, blessant. Plus on montait, plus on se rapprochait de son pivot central car l'éloignement des marches de l'escalier par rapport à cet axe diminuait, ce qui fait qu'à la fin l'Enquêteur eut l'impression de tourner sur lui-même, sans plus s'élever, ce qui fortifia son vertige et lui fit pour un temps oublier sa faim.

« Nous y sommes », dit le Guide.

Tous deux se tenaient devant une grande porte en bois précieux, sur laquelle on ne distinguait aucune poignée.

« Frappez, le Responsable est prévenu. Pour ma part, ma mission se termine là. Je ne pense pas que nous nous reverrons. Je vous souhaite donc une bonne fin de journée. Je ne vous serre pas la main. »

Le Guide s'inclina devant l'Enquêteur, qui se crut obligé, pour ne pas paraître impoli, de faire de même. Le Guide s'éloigna dans un étroit couloir coudé qui l'avala en quelques secondes.

L'Enquêteur regarda si sa blouse était correctement boutonnée, si son badge était bien droit. Il replaça son casque qui avait toujours tendance à glisser, puis il frappa à la porte, trois coups brefs. Celle-ci, comme par magie, s'ouvrit dans le plus parfait silence. Il fut accueilli par une lumière violente, un projecteur peut-être, dirigé vers lui, et qui l'aveuglait. Il cligna des yeux, mit sa main droite devant eux et il entendit une voix forte lui lancer :

« Entrez ! Entrez donc ! Avancez ! Mais avancez voyons ! N'ayez pas peur ! »

# XVIII

Une fois encore, une fois de plus, l'Enquêteur pensa à la mort. N'avait-il pas lu parfois des récits qui faisaient état de cette expérience des limites vécue par certains êtres, revenus des frontières de l'au-delà, et qui parlaient d'une intense lumière irradiante, d'une sorte de tunnel dans lequel ils avaient progressé avant de revenir en arrière ? Le cône de verre dans lequel il était entré, le curieux escalier qui s'enroulait sur lui-même, ce grand soleil qui versait chacune de ses particules dans ses yeux, les noyant, n'étaient-ce pas là des variations du grand tunnel ?

« Mais je vous en prie, ne restez pas là ! Approchez ! Approchez, voyons ! »

La voix était forte, un peu moqueuse. L'Enquêteur réfléchit que Dieu, s'il devait exister, n'avait sans doute pas une voix comme celle-ci qui lui rappelait plutôt celle d'un vendeur de voitures d'occasion ou d'un homme politique.

« Et qu'est-ce que vous faites avec ce casque ? Mon pauvre vieux ! Mais qui vous a dit de mettre ce casque grotesque ? Vous n'êtes pas sur un chantier naval ! Venez ! Venez donc ! »

Non, décidément, ce ne pouvait être Dieu. Dieu n'aurait pas fait une remarque sur le casque de chantier. Et si ce n'était pas Dieu, c'était donc qu'il n'était pas mort. Cette lumière dans ce cas n'était qu'une forte lumière qui n'avait rien de divin. Mais pourquoi diable continuait-elle alors à être braquée sur lui ?

« C'est que je ne vois rien du tout...

— Comment ça vous ne voyez rien ? Moi je vous vois parfaitement ! Parfaitement !

— Je suis aveuglé ! gémit l'Enquêteur.

— Aveuglé ? Bon sang ! reprit la voix. Mais évidemment ! Qui est-ce qui m'a installé cette fichue... Attendez ! »

L'Enquêteur entendit un petit bruit sec puis il fut plongé dans un noir total.

« Et là, c'est mieux ainsi ? reprit la voix.

— Je ne vois plus rien désormais, plus rien du tout, se lamenta l'Enquêteur.

— Ce n'est pas possible ! Moi je vous vois toujours ! C'est une histoire de fous ! Fermez les yeux quelques instants, ensuite, rouvrez-les lentement, et je suis persuadé que vous me verrez !

Allez-y ! Ayez confiance ! Fermez les yeux, vous dis-je ! »

L'Enquêteur se résigna à obéir. Il n'avait pas grand-chose à perdre. Après tout, s'il était mort, il ne pouvait pas l'être davantage, la mort étant un état qui ne souffre, pensa-t-il, aucun superlatif. On ne peut pas être très mort ou supérieurement mort. On est juste mort, un point c'est tout.

Il rouvrit les yeux et découvrit la pièce dans laquelle il venait d'entrer. Immédiatement, il songea au bureau d'un producteur de cinéma. Il n'en avait jamais vu de sa vie, mais il s'en faisait une idée tout à la fois précise et totalement imaginaire : essences précieuses, étagère supportant des récompenses et des trophées, bar à roulettes, cave à cigares, une immense photographie au mur représentant le portrait d'un vieil homme qui lui parut être celui du porte-clés, tapis profond, fauteuil en cuir, bureau au large plateau de palissandre accueillant un coupe-papier, un stylo de luxe, un sous-main, un porte-lettres, un gros encrier, un pot à crayons.

« À la bonne heure, vous me voyez maintenant ? »

L'Enquêteur fit signe que oui, mais en fait il n'apercevait pas grand-chose, tout juste une forme épaisse à demi assise sur le côté gauche du bureau.

« Mais nom d'une pipe, ôtez-moi ce casque, je vous en prie ! Qui vous a affublé d'un casque pareil ?

– On m'a dit que c'était obligatoire.

– Obligatoire ! Qui "on" ? Il n'y a pas de "on" ici. Je veux un nom. Qui ? Et cette blouse ? J'admire votre docilité !

– Je préférerais la garder, si cela ne vous dérange pas, enchaîna l'Enquêteur qui ne voulait pas dénoncer le Guide à propos du casque, et qui se souvenait de l'état déplorable des vêtements qu'il portait en dessous de la blouse.

– Comme vous voudrez ! Approchez, installez-vous. »

L'Enquêteur enleva le casque et s'avança vers le bureau. La forme se précisa tout en se levant. C'était un homme de taille inférieure à la moyenne, à la calvitie marquée, et dont les traits un peu ronds étaient à peine éclairés par une lumière qui tombait du plafond, comme une pluie de grains dorés.

« Asseyez-vous, asseyez-vous… »

L'homme lui désignait un des deux fauteuils. L'Enquêteur s'assit. Il eut l'impression d'avoir diminué tant il se sentit totalement perdu dans le fauteuil qui était d'une taille inhabituelle. Il rabattit les pans de la blouse sur ses jambes afin de cacher son pantalon et posa le casque sur ses genoux.

« Avant toute chose, reprit l'homme qui devait être le Responsable dont lui avait parlé le Guide, ce que je souhaite, c'est vous mettre parfaitement à l'aise, que vous vous sentiez comme chez vous. Exactement comme chez vous. Tout va bien ?

– Tout va bien.

– Vous me disiez à l'instant être aveuglé ?

– C'était à cause de votre lumière, je ne voyais rien. C'était une image. »

Le Responsable frappa dans ses mains et se leva.

« Attention, vous me parlez d'images, je ne veux pas d'images, je veux des faits, et de la clairvoyance, je compte beaucoup sur vous, et quand je dis je, je veux dire nous. Vous me comprenez ?

– Bien sûr, répondit l'Enquêteur qui ne comprenait pas grand-chose et qui avait l'impression d'être peu à peu digéré par le fauteuil.

– À la bonne heure ! Vous allez bien ? Vous me semblez très pâle… »

L'Enquêteur hésita puis, comme il était de plus en plus faible, il força sa nature et se jeta à l'eau.

« Pour tout vous dire, je n'ai rien avalé depuis longtemps, et s'il était possible de manger quelque chose…

– Possible !? Mais vous plaisantez ! Évidemment que c'est possible ! Dois-je vous rappeler qui vous êtes ? N'êtes-vous pas… » Le Responsable hésita, fouilla dans ses poches, en sortit un paquet de fiches qu'il consulta rapidement. « N'êtes-vous pas… voyons donc… vous êtes… vous êtes… ah, bon sang, où donc ai-je mis votre fiche !

– Je suis l'Enquêteur.

– Voilà. Merci ! C'est cela, vous êtes l'Enquêteur ! Vous êtes réellement l'Enquêteur ?

– Oui.

– Croyez-vous franchement que, dans une entreprise comme la nôtre, nous n'allons pas tout mettre en œuvre pour que votre Enquête se déroule dans les meilleures conditions ?

– Ce serait en effet très aimable à vous...

– Alors ! »

Et il se mit à rire en décrochant son téléphone.

« Ici le Responsable. Apportez-nous le plus vite possible quelque chose à manger pour l'Enquêteur. »

Il se tut, parut écouter attentivement ce qu'on lui disait à l'autre bout de la ligne, secoua plusieurs fois la tête, masqua soudain de sa main le combiné et s'adressa à l'Enquêteur :

« Salade de foies de volaille, rôti de bœuf, haricots verts, fromage de chèvre, fondant au chocolat, ce n'est pas grand-chose, je m'en excuse, mais est-ce que cela vous ira ?

– Mais c'est... merveilleux, parvint à bredouiller l'Enquêteur qui n'en croyait pas ses oreilles.

– Et pour la boisson ? Vin rouge, vin blanc, bière, raki, ouzo, grappa, pisco, tokay, spiritus, aquavit, bourbon, eau minérale, gazeuse, plate, quelle provenance ? Fidji ? Islande ? Italie ? Guatemala ?

– Peut-être quelque chose de chaud, se hasarda l'Enquêteur qui grelottait de froid, un thé de préférence...

– Un thé ? Japonais, taïwanais, russe, ceylan, darjeeling, blanc, noir, vert, rouge, bleu ?

– Un thé… nature, hasarda l'Enquêteur.

– Nature ? Pas de problème ! répondit le Responsable qui passa la commande et raccrocha. Et voilà ! Vous voyez, il ne fallait pas vous gêner ! Les cuisines de l'Entreprise, comme l'Entreprise d'ailleurs, ne s'arrêtent jamais. Elles fonctionnent à toute heure du jour et de la nuit, chaque jour de l'année.

– Mais… Nous sommes encore le jour… ? demanda l'Enquêteur qui avait un doute.

– Bien sûr que nous sommes le jour ! Regardez cette lumière, fit le Responsable en désignant les grandes baies vitrées. "Nous sommes le jour"… C'est une curieuse phrase quand on y songe, *nous sommes le jour*, vous ne trouvez pas ? Au fait, l'honnêteté me pousse à vous le préciser, le bœuf vient de l'hémisphère Sud, vous n'y voyez pas d'inconvénient ?

– Quel bœuf ?

– Eh bien celui du rôti, le plat que je viens de commander pour vous ! »

L'Enquêteur esquissa un sourire.

« Bon, reprit le Responsable, maintenant, il n'y a plus qu'à attendre. »

Il croisa les bras sur son ventre, regarda l'Enquêteur d'une façon bienveillante. L'Enquêteur lui sourit de façon appuyée et s'enfonça un peu plus encore dans le fauteuil. Sa tête désormais dépassait à peine des accoudoirs. Le Responsable soupira, et tous deux attendirent.

# XIX

En vérité, ils attendirent longtemps. En
silence tout d'abord. Puis, comme le silence et
les sourires avaient leurs limites, le Responsable,
qui était venu s'asseoir à côté de l'Enquêteur,
dans l'autre fauteuil, entama la conversation
tout en assurant son hôte que l'arrivée du repas
serait imminente.

« Nous traversons des temps difficiles, vous
n'êtes pas sans le savoir. Très difficiles. Qui pourrait prévoir ce que nous allons devenir, vous,
moi, la planète… ? Rien n'est simple. Un peu
d'eau ? Non ? Comme vous voulez. Après tout, si
vous permettez, je peux bien me confier à vous, à
mon poste, on est bien seul, terriblement seul, et
vous êtes une sorte de médecin, n'est-ce pas ?

– Pas vraiment…, murmura l'Enquêteur.

– Allez, ne soyez pas si modeste ! » reprit le

Responsable en lui tapant sur la cuisse. Puis il inspira longuement, ferma les yeux, expira l'air, rouvrit les yeux.

« Rappelez-moi le but exact de votre visite ?

– À vrai dire, ce n'est pas vraiment une visite. Je dois enquêter sur les suicides qui ont touché l'Entreprise.

– Les suicides ? Première nouvelle... On me les aura sans doute cachés. Mes collaborateurs savent qu'il ne faut pas me contrarier. Des suicides, pensez donc, si j'avais été au courant, Dieu seul sait ce que j'aurais pu faire ! Des suicides... »

Le Responsable reprenait le mot d'un air rêveur, un sourire discret épanouissant son visage, comme s'il caressait une idée agréable.

« Le suicide : je n'y avais jamais pensé, mais dans le fond, oui, pourquoi pas, ce n'est pas plus idiot qu'autre chose... Vous savez, reprit-il, le sourire précipité dans les oubliettes, je consacre mon temps à une seule chose : tenter de comprendre pourquoi nous en sommes arrivés là, j'imagine que c'est ce qu'on attend de moi, mais je ne parviens à rien. Aucun résultat. Contre-productivité totale. Y a-t-il seulement quelqu'un, quelque part, capable de comprendre ? Je ne sais pas ce que vous en pensez personnellement ? »

L'Enquêteur était bien ennuyé par la tournure que prenait ce début d'entretien. Il haussa les épaules lentement, ce qui pouvait être interprété comme une prolongation des interrogations du

Responsable ou bien une hésitation métaphysique.

« Évidemment, dit le Responsable. Évidemment. Vous êtes un sage, vous évoluez à des hauteurs prodigieuses. Mais moi, je ne suis pas vous, hélas je ne suis pas vous, j'ai les mains dans le cambouis ! Je suis un simple pion, une sorte de ciron. Vous avez lu les philosophes ? Bien sûr que vous les avez lus, un homme comme vous les a lus. Figurez-vous qu'ils me mettent dans un état de catalepsie intellectuelle. C'est radical. Et ils devaient le savoir, les salauds ! Ils l'ont sans doute fait exprès. Ces individus au fond étaient de grands cruels et les plus formidables des lâches. »

Le Responsable tout en parlant se tordait les doigts comme s'il voulait les arracher.

« Bon sang, vous connaîtriez mes journées, nous sommes entre nous, je peux bien vous le dire, mes journées, je les passe... à m'interroger. Oui. Je m'interroge. Je ne sors pas de ce bureau. Je ne fais que cela. Sous le regard de... »

Il s'interrompit, toussa et l'Enquêteur eut l'impression qu'il se tournait vers la grande photographie représentant le vieillard débonnaire et souriant, dont les sourcils blancs et broussailleux s'assortissaient avec élégance au gros nœud papillon un peu tombant qui fermait le col de sa chemise. Il hocha la tête et revint vers l'Enquêteur.

« Oui, je m'interroge, reprit le Responsable.

Que sont devenus nos idéaux ? Nous les avons piétinés, saccagés ! Je ne dis pas cela pour vous, je ne me permettrais pas, vous êtes différent, vous êtes au-dessus, mais moi, moi, je suis aussi méprisable qu'une crotte de rat, une scolopendre, un vieux mégot trempé et décousu, écrasé par le talon d'une chaussure anonyme et dédaigneuse, mais si, mais si, ne dites pas non pour me faire plaisir ! De grâce, ne me ménagez pas ! Vous devez être terrible, juste, mais terrible ! Et tout cela pourquoi, pourquoi ? Je vous le demande, je vous le demande, vous qui savez, car vous, vous savez, n'est-ce pas ? N'est-ce pas que vous savez ? »

L'Enquêteur n'osa pas décevoir le Responsable et opina légèrement du chef.

« Bien sûr que vous savez... Oh, tout cela est tellement... Mais je m'égare ! »

Il frappa dans ses mains, se leva prestement, esquissa un pas de danse, faillit tomber en se prenant les pieds dans l'épais tapis.

« Regardez-moi ! J'ai de la ressource, tout de même, non ? Je ne suis pas encore fichu malgré mon âge ! Qu'en pensez-vous ? »

L'Enquêteur s'affaiblissait. Le fauteuil se transformait en une grande bouche qui l'ingurgitait progressivement et cet homme face à lui, qui sautillait comme un sportif s'échauffe, lui semblait encore plus inquiétant que le Policier de l'Hôtel.

Le Responsable se mit à faire des entrechats,

des bonds, des sauts carpés. Il virevolta, puis courut au fond de la pièce, fit un signe de croix, prit son élan, fonça vers son large bureau par-dessus lequel il tenta de sauter, y parvint presque, mais au dernier moment, alors qu'il était suspendu dans les airs, son pied gauche accrocha l'encrier massif en marbre noir et il s'écrasa lourdement contre la paroi vitrée.

L'Enquêteur s'apprêtait à lui porter secours mais le Responsable s'était déjà relevé. Souriant, il répétait sans cesse tout en se massant le coude et le genou : «Je n'ai pas mal, pas mal du tout. J'ai l'habitude. L'habitude... Vous leur direz, n'est-ce pas ? Vous leur direz que je suis au sommet de mes capacités ? Que je peux encore, je ne sais pas, moi, tenir, tenir, oui tenir !!!! Je suis là. Je suis là ! Vous leur direz ? S'il vous plaît ? S'il vous plaît... »

Le Responsable s'était agenouillé devant l'Enquêteur. Il présentait ses mains jointes. Ses yeux étaient baignés de larmes. Il suppliait.

« Bien sûr, dit l'Enquêteur, je leur dirai. Je leur dirai, ne vous faites pas de souci. » Et au moment où il prononçait ces mots qui semblaient venir d'un autre que lui, il se demandait comment il pourrait se sortir de cette situation.

« Parfois, la nuit, j'ai l'impression d'être le commandant d'un immense avion de ligne. » La voix du Responsable s'était atténuée comme un murmure. « J'ai cinq cents passagers sous ma responsabilité, ou cinq mille, ou cinq cent mille, je ne sais plus, je tiens les commandes… »

Toujours à genoux, il serrait les jambes de l'Enquêteur. Pendant quelques secondes, avec sa bouche, il imita le bruit des réacteurs.

«Je suis le grand pilote. Les gens dorment, lisent, rêvent à leurs amours, construisent leur avenir avec des chimères douces et caressantes, et moi, moi, je suis le seul et le dernier, Dieu a posé sur mon front Son index, je connais la route, je connais les cieux, les étoiles, les courants et les âmes, il y a ce grand tableau de bord devant moi, tout illuminé, ces boutons magnifiques, blancs, opale, jaunes, rougeâtres, orangés, argentés, toutes ces vies qui s'allument, s'éteignent, clignotent, ces manettes, agréables au toucher, quelle ivresse de sentir derrière moi, enfermés dans la même carlingue d'aluminium, les destins de tous ces êtres, mais je ne suis qu'un homme, un homme, bordel, pourquoi moi ? Pourquoi donc suis-je le commandant ? Pourquoi moi ? Je n'ai aucune compétence ! Aucune ! Je ne sais pas lire une carte, je n'ai aucun sens de l'orientation et je n'ai jamais su faire décoller le moindre cerf-volant ! C'est un rêve atroce. »

Il y eut un silence. Le Responsable s'était mis à pleurer et ses larmes mouillaient le pantalon de l'Enquêteur. Celui-ci, bien embêté par la tournure des choses, n'osait rien dire. Il réfléchissait à quoi faire lorsque le Responsable se redressa

112

d'un bond, défripa son pantalon, se frotta le visage avec ses mains, chassa ses larmes, et offrit à l'Enquêteur un visage lissé par un infini sourire.

« La vie est tout de même magnifique, vous ne trouvez pas ? »

L'Enquêteur ne répondit rien. Il venait de voir un homme se détruire sous ses yeux comme une vieille batterie exténuée, incapable de retenir sa charge, et puis soudain, le même homme, mais était-ce véritablement le même, se réjouissait de l'existence après avoir essuyé d'un revers de main toutes les larmes de son visage. L'Enquêteur n'eut pas le temps de répondre.

« Vous permettez ? J'en ai pour une petite seconde. Je reviens immédiatement. »

Le Responsable désignait de l'index une porte située sur la gauche de son vaste bureau.

« Je vous en prie », dit l'Enquêteur. Le Responsable tapa dans ses mains, esquissa un élégant entrechat et se dirigea vers la porte en dansant sur un rythme de bossa-nova, puis, l'ayant atteinte, il se retourna, fit un mouvement gracieux de la main pour saluer un public imaginaire, l'ouvrit et disparut en la refermant derrière lui.

# XX

La faim est un curieux continent. L'Enquêteur
ne l'avait jusqu'alors jamais envisagée comme un
pays, mais il commença à en percevoir l'étendue,
immense et désolée. Il sentait sa tête bourdonner
et il lui sembla que les murs de la pièce tanguaient
légèrement. L'effet bénéfique des deux comprimés
que lui avait donnés le Policier avait disparu
depuis longtemps. Il lui fallait se résoudre à l'évidence : il avait une fièvre de cheval. Il grelottait
malgré la température élevée du bureau et la
blouse épaisse qui lui tenait chaud. Sa bouche était
sèche et il avait l'impression désagréable que sa
langue allait se coller définitivement à son palais.
Son ventre creusé émettait des bruits bizarres,
comme des plaintes, des échos de disputes lointaines, des chocs amortis, de maigres explosions.
Sa vue se brouillait par moments. Son cœur battait

de façon inaccoutumée, alternant les brusques accélérations et les pauses inquiétantes. Il tenta de se rassurer un peu en se disant que le Responsable était sans doute allé s'enquérir du repas qu'il lui avait commandé, que, d'ici quelques minutes, il reviendrait avec le plateau proposé et que tout cela allait cesser.

Le Responsable... Cette ville n'abritait-elle que des êtres bizarres comme la Géante ou totalement désaxés à l'image du Policier ou de cet homme ? Toutes ses jérémiades obscures l'avaient proprement assommé, et sans que l'Enquêteur fût totalement stupide, il n'y avait pas compris grand-chose. D'où sortait-il ? Et pourquoi ce besoin de s'épancher ainsi auprès du premier inconnu ? Car ils ne se connaissaient pas le moins du monde ! N'avait-il donc aucune retenue, aucune pudeur ? Comment cet individu dépressif avait-il pu être placé à ce poste si important alors que, de toute évidence, sans être psychologue, on pouvait arriver à la conclusion qu'il n'avait ni l'étoffe mentale ni la solidité nerveuse pour assurer une telle charge ? Et puis, ce gigantesque portrait photographique qu'il avait tout à la fois regardé avec crainte et admiration, à plusieurs reprises, comme pour y trouver un soutien ou encore une autorisation, qui pouvait-il bien représenter qui le fasse entrer instantanément dans des moments de vénération ou de crainte ?

L'Enquêteur l'examina plus attentivement. Le sourire du vieillard était direct, profond et franc. Ce n'était pas un sourire fabriqué mais celui d'un être qui aime son prochain, le connaît et le contemple avec bienveillance et humanité. Le vieil homme était vêtu d'un costume de bonne coupe, un peu démodé peut-être, mais qui lui allait parfaitement, fait d'une étoffe souple et chaude, rassurante, un tweed sans doute. Il était penché en avant, comme pour venir au plus près de celui qui le regardait.

Sans doute était-ce le Fondateur, se dit l'Enquêteur. Le Fondateur de l'Entreprise. Qui cela pouvait-il être d'autre ? Pour autant, il ne se souvenait absolument pas que l'Entreprise avait eu un Fondateur. Même si, bien entendu, elle avait été créée à un moment ou un autre, et sans doute par un individu en particulier. La mince documentation que lui avait donnée son Chef de Service lorsqu'il l'avait chargé de l'Enquête n'y faisait aucune allusion, limitée qu'elle était au décompte des suicides enregistrés, et le dossier que lui avait remis le Guide un peu plus tôt, dans l'après-midi, aussi incohérent qu'il fût, ne comportait rien non plus à ce sujet.

D'ordinaire, l'Enquêteur ne se préoccupait jamais des origines des entreprises, de leur état civil en quelque sorte. Ce n'était pas son affaire. Et puis, dans le monde où il vivait, elles étaient devenues des sortes de nébuleuses, agrégeant à elles des filiales comme autant de particules, les délocalisant, les relocalisant, créant des ramifications, des arborescences lointaines, des radicelles, enchevêtrant les participations, les actifs et les conseils d'administration en des écheveaux si confus qu'on ne parvenait plus très bien à savoir qui était qui et qui faisait quoi. Dans ces conditions, remonter à leurs fondations relevait d'une archéologie économique qui dépassait de très loin les compétences et la curiosité de l'Enquêteur. Il se demanda même pourquoi de semblables questions lui traversaient l'esprit. Il n'était résolument pas dans son état normal. La fièvre augmentait sans doute. L'immense vieillard du portrait le regardait toujours mais il lui sembla que son sourire avait changé : de bienveillant, il se révélait désormais ironique.

Ses paupières lui parurent soudain très lourdes et il les ferma une fraction de seconde mais, lorsqu'il les rouvrit, il s'aperçut que le bureau était plongé dans la pénombre. La clarté qui venait encore quelques instants plus tôt du dehors par les deux grandes baies vitrées avait fait place subitement à la nuit noire, profonde, totalement obscure. Et tout cela le temps d'un battement de paupières ! Il se leva du fauteuil, affolé, et se précipita vers les vitres. Oui, c'était bien la nuit. Mais alors, combien de temps avait-il fermé les yeux ? Se pouvait-il qu'il se fût réellement endormi pendant un long moment ? Et dans ce cas, où était passé le Responsable ? Quelle heure était-il ? Il consulta sa montre : les aiguilles affichaient 21 h 43 ! Il se dirigea vers la porte derrière laquelle avait disparu son hôte. Il frappa trois coups, puis quatre, puis cinq, de plus en plus fort. Personne ne lui répondit. Il plaqua son oreille contre la boiserie. Aucun son, même minime, n'en provenait. Il mit la main sur la poignée, la tourna. La porte était fermée à clé. Il secoua la poignée de façon de plus en plus désespérée.

« Puis-je savoir ce que vous faites à cette heure dans ce bureau ? »

L'Enquêteur s'immobilisa. Il sentit son sang se figer dans ses veines. Quelqu'un se tenait derrière lui, à quelques mètres. Quelqu'un qui était entré dans la pièce sans qu'il l'entende.

« Mettez très lentement vos mains en l'air, et retournez-vous sans faire de gestes brusques », reprit la voix qui n'avait rien de cordial.

# XXI

L'Enquêteur pivota sur lui-même tout en levant ses bras très haut, mains ouvertes, paumes écartées, afin de prouver qu'il ne tenait aucune arme.

« Voilà, comme ça, très bien…, continuait la voix qu'il lui semblait connaître. Maintenant, on ne bouge plus. »

L'homme braquait sur lui une lampe torche dont le faisceau balayait l'Enquêteur de la tête aux pieds.

« Je vais allumer la lumière. Mais attention, vous ne bougez toujours pas. Je suis armé et, au moindre geste, c'en est fini de vous ! Compris ? »

L'Enquêteur, dont les yeux avaient fini par s'habituer à la pénombre, eut soudain l'impression d'être devenu une souris de laboratoire placée en observation sous des projecteurs. Il cligna des yeux puis, au bout d'un moment, put enfin distinguer l'homme qui le tenait en joue.

« Comment ! C'est vous ? dit enfin l'Enquêteur, rassuré, en reconnaissant le Guide et en commençant à baisser ses bras.

– ON NE BOUGE PAS ! On garde ses mains en l'air ! reprit celui-ci d'une voix sèche et dure. Je n'hésiterai pas à tirer. »

Pourtant l'Enquêteur ne pouvait pas se tromper. C'était bien le Guide, c'était cet homme qui l'avait introduit dans ce même bureau, quelques heures plus tôt. Il ne pouvait s'agir d'un autre, à moins qu'il eût un parfait sosie. Son vêtement seul avait changé : il ne portait plus un élégant costume croisé gris mais une combinaison intégrale noire zippée sur le devant, cintrée à la taille par une ceinture de toile, une casquette de la même couleur et des chaussures militaires à tiges hautes. Sa main droite tenait un revolver d'une taille impressionnante.

« Mais voyons, je vous en prie, bredouilla l'Enquêteur, nous nous connaissons ! Vous êtes le...

– PAS UN MOT DE PLUS SINON JE ME VERRAI CONTRAINT DE FAIRE USAGE DE MON ARME ! » hurla l'homme, tout en se rapprochant rapidement de lui en le tenant en joue. Quand il fut à portée de main de l'Enquêteur, il plaqua celui-ci contre le mur, le contraignit à mettre ses deux bras dans le dos, le menotta à l'aide d'un bracelet en plastique et le poussa ensuite sans ménagement vers la porte de sortie, tout en ayant pris soin de le coiffer du casque qui était resté sur un des deux fauteuils.

Tout cela s'était passé en moins de trente secondes et l'Enquêteur n'avait pu réagir ni dire un mot. Le revolver de l'homme ne semblait pas être un jouet et puis, de toute façon, il se sentait bien trop faible pour tenter quoi que ce soit. Avant de quitter la pièce, l'homme regarda la grande photographie du vieillard, et, comme s'il s'était adressé davantage à elle qu'à l'Enquêteur, il lança d'une voix très forte :

« LA POLICE EST PRÉVENUE, ELLE SERA LÀ D'UNE MINUTE À L'AUTRE ET VOUS AUREZ À RÉPONDRE DE VOS ACTES ! »

Puis il le précipita dans le couloir, s'y jeta lui-même et referma brusquement la porte derrière eux.

« Bon Dieu... ! »

L'homme respira à pleins poumons, rit un peu nerveusement, regarda l'Enquêteur et trancha les menottes à l'aide d'un couteau.

« Excusez-moi, mais il fallait que je joue le jeu, je suis persuadé que cette pièce est truffée de micros et sans doute aussi de caméras ! »

L'Enquêteur ne comprenait plus rien.

« J'ai bien cru que vous alliez me perdre...

– Vous êtes donc bien celui qui... Vous êtes le Guide ? »

L'homme prit subitement un air très ennuyé.

« Justement non. Après une certaine heure, je deviens le Veilleur... Vous comprenez, mon salaire est tellement faible... Je me suis arrangé pour cumuler les deux postes en intervenant dans le système informatique, mais si quelqu'un de la Direction Centrale l'apprend, je suis fichu... Vous ne direz rien, n'est-ce pas ? Je pense que vous saisissez que, dans ma situation, je serais prêt à tout. Un homme désespéré n'a rien à perdre. »

Tout en disant cela, il avait secoué son arme devant les yeux de l'Enquêteur. Celui-ci, d'un regard, lui fit comprendre qu'il garderait le secret.

« Je n'ai pas d'autre solution pour m'en sortir. C'est humiliant, mais, que voulez-vous, quand on n'a pas l'étoffe d'un premier rôle, on est bien obligé de multiplier les figurations pour s'en sortir... Non, s'il vous plaît, gardez votre casque ! »

L'Enquêteur rajusta le couvre-chef, ne cherchant même plus à comprendre pourquoi quelqu'un lui imposait de le porter quand un autre lui disait de l'ôter immédiatement.

« Mais vous-même, bon sang ! Qu'est-ce que vous faisiez encore dans ce bureau à cette heure ? »

Sans entrer dans les détails, l'Enquêteur dut raconter le discours du Responsable, mais il passa sous silence sa tentative de saut par-dessus le bureau et la position pathétique dans laquelle il s'était mis ensuite, en s'agenouillant en larmes à ses pieds. Puis il expliqua le brusque départ du

Responsable qu'il avait mis sur le compte de la courtoisie : que pouvait-il être allé faire d'autre que de s'inquiéter du repas commandé qui n'arrivait pas ?

« Mais qu'est-ce que vous racontez ? Le restaurant de l'Entreprise est fermé pour travaux depuis quatorze mois ! Le Responsable le sait fort bien. Cela crée suffisamment de remous dans le personnel, il y a même une menace de grève ! Comment a-t-il pu vous promettre une chose pareille ! Êtes-vous certain d'avoir bien compris ? »

L'Enquêteur n'était plus sûr de rien du tout. Pas même de son nom. Il haussa les épaules, d'un air résigné.

« En tout cas, voici bien longtemps que le Responsable a quitté l'Entreprise. Je l'ai vu personnellement sortir de la tour en fin d'après-midi. Allez, venez, vous ne pouvez pas rester ici, si on vous trouve, il est immanquable que cela retombera sur moi. »

Le Guide changé en Veilleur remit son arme dans son étui, donna une petite tape sur l'épaule de l'Enquêteur et lui fit signe de le suivre. Ils empruntèrent le même escalier par lequel ils étaient montés quelques heures plus tôt tous les deux. Mais autant, la première fois, l'Enquêteur avait ressenti en l'escaladant un agréable vertige, autant, en le descendant, il fut pris d'une nausée qui le submergea et rendit les structures d'aluminium et d'acier de la tour aussi souples que des guimauves. Les angles s'arrondissaient, les lignes droites se muaient en serpentins mobiles, les marches elles-mêmes devenaient meubles, caoutchouteuses, d'une traîtrise sans pareille, aussi élastiques que des tapis de mousse. Le monde se déconstruisait à mesure qu'il descendait, un peu comme si quelqu'un démontait un décor rendu inutile, et il comprit qu'il ne fallait pas qu'il traîne car il risquait sans doute d'être absorbé par cette matière fuyante, molle et mouvante, aussi sûrement qu'une eau usée peut l'être par un caniveau.

# XXII

Une formidable gifle lui fit reprendre conscience.

« Excusez-moi, mais je ne voyais plus très bien comment faire. Vous vous êtes carrément laissé glisser dans mes bras au bas de l'escalier, il a fallu que je vous traîne dehors, et là, à peine la porte franchie, vous êtes tombé comme un fruit mûr ! Vous vous sentez mieux ? »

Le Veilleur de nuit se tenait debout devant l'Enquêteur recroquevillé par terre. Son visage préoccupé ne reflétait aucune compassion et sa question n'avait rien d'aimable. L'Enquêteur esquissa un vague signe de la main pour lui faire comprendre qu'il n'avait pas à s'inquiéter.

« Vous n'êtes porteur d'aucun virus au moins ? reprit le Veilleur. Parce que l'Entreprise n'a vraiment pas besoin d'une épidémie en ce moment !

– N'ayez crainte, parvint à murmurer l'Enquêteur, c'est juste que... je n'ai rien mangé de consistant depuis hier matin... »

Le Veilleur parut étonné :

« Depuis hier matin dites-vous... ? »

Il réfléchit.

« Cela ne fait que deux jours. Vous ne devez pas avoir une nature bien solide pour être dans cet état après deux petits jours de jeûne, ou alors vous manquez de volonté. Il y a six mois, le Sous-Chef du Service Export a fait une grève de la faim. Il n'admettait pas qu'on puisse le mettre en préretraite. Devinez combien de jours il a tenu ? »

L'Enquêteur secoua la tête pour signifier qu'il n'en savait rien.

« Non, non, dites un chiffre !

– 15 jours... ?

– 42 ! Il a tenu 42 jours. Vous vous rendez compte ? 42 jours ! La Direction n'a pas voulu céder. Et elle a eu raison ! ELLE A EU BIEN RAISON DE NE PAS CÉDER ! »

Il avait prononcé cette phrase en hurlant et en regardant tout autour de lui. Puis il se tut, se calma, tourna de nouveau son regard vers l'Enquêteur qui était toujours à terre et qui commençait à ressentir les effets bénéfiques de l'air frais.

« Comment cela s'est-il terminé ?

– Pardon ?

– Vous me parliez d'une grève de la faim... ?

— Ah oui, fit le Veilleur, comme si soudain il reprenait pied sur un rivage abandonné quelque temps, le SCSE ? Il est mort. Tout simplement. L'organisme a ses limites. 42 jours, c'est beaucoup. C'est trop. Certaines personnes ne savent jamais s'arrêter. Du coup, pas de préretraite, pas de retraite du tout. Rien. Un grincheux en moins, une place qui se libère et qui fait un heureux.

— On ne m'avait pas parlé de ce cas, gémit l'Enquêteur, en tout cas, je ne crois pas, il n'était pas signalé dans les documents que… »

Il fut interrompu de façon brutale par le Veilleur.

« Et pourquoi vous aurait-on averti du décès par grève de la faim du Sous-Chef du Service Export ? Pourquoi ? N'êtes-vous pas ici pour enquêter sur les suicides ? Et uniquement sur les suicides ?

— Justement, argumenta l'Enquêteur, peut-être que, si on y songe, une telle attitude pourrait s'apparenter à une forme de suicide… »

Le Veilleur écarta un peu les jambes, croisa les bras sur son ventre, rejeta sa casquette en arrière, se tut pendant quelques secondes, sembla réfléchir. Au-dessus de lui, le ciel était aussi noir que son uniforme, si bien que l'Enquêteur avait l'impression que seuls ses yeux sortaient des ténèbres, des yeux larges ouverts, furieux. Le Veilleur finit par décroiser ses bras et pointa son index droit vers l'Enquêteur d'un air menaçant :

« Dites-moi, vous qui ne vous êtes pas nourri depuis deux jours, ainsi que vous venez de me l'apprendre, si je suis votre raisonnement, ne seriez-vous pas en train d'essayer de vous suicider ? »

La neige recouvrait le sol, peu épaisse, délicate et parfaitement pure. L'Enquêteur venait juste de le remarquer. Au ciel, il n'y avait que noirceur, et, sur le sol, ce grand tapis blanc sur lequel d'ailleurs il avait les fesses posées. Le vent se heurtait à la blouse qu'il portait toujours soigneusement boutonnée et qui lui tenait agréablement chaud. Le casque protégeait son crâne dégarni. Il gelait, c'était certain, et pourtant il n'avait pas froid, pas froid du tout. Il avait même l'impression de s'engourdir dans une chaleur onctueuse. Il aurait pu s'endormir là, devant cette entrée, oui, dormir des heures, s'échapper de cette situation qui n'avait aucun sens.

Le Veilleur attendait, le poing gauche contre sa hanche, la main droite sur la crosse de son revolver.

« J'ai faim, finit par dire l'Enquêteur. Je mangerais n'importe quoi sans faire d'histoires. Je vous le jure... »

Immédiatement le Veilleur se détendit, souffla avec force, lâcha la crosse de son arme, s'essuya le front.

« Bon Dieu ce que vous m'avez fait peur ! Vous l'avez échappé belle ! Oui, vous venez de sauver votre vie ! J'étais à deux doigts de me dire que vous étiez une taupe !

– Une taupe ?

– Oui, que vous aviez été retourné, si vous préférez, c'est classique en espionnage.

– Mais je ne suis pas un espion, je suis l'En...

– Je sais parfaitement qui vous êtes, mais je me comprends. Réfléchissez : on envoie quelqu'un enquêter sur une vague de suicides, mais lui-même se révèle être un dangereux suicidaire donc tout est faussé, le système se sabote, tout explose, c'est la fin de tout ! Vous saisissez maintenant ?

– Pas très bien..., murmura l'Enquêteur qui ne sentait plus ses mains enfoncées dans la neige.

– Ce n'est pas grave. Relevez-vous, bon sang ! Il faut que vous partiez maintenant, vous reviendrez demain. »

Le Veilleur l'empoigna et le remit sur pied, l'adossa contre le mur puis fouilla dans les poches de son uniforme. Il finit par trouver ce qu'il cherchait et le tendit à l'Enquêteur.

« Tenez, c'est tout ce que j'ai ! »

L'Enquêteur saisit une sorte de grand caillou brun et plissé, long de dix centimètres, de section plus ou moins ronde, incurvé en son milieu. Il leva les yeux vers le Veilleur, n'osant pas formuler sa question, mais ce dernier le devança :

« Premier choix. Il sera peut-être un peu sec, j'ai dû l'oublier dans ma salopette depuis trois mois, mais c'est de bon cœur. »

Et comme l'Enquêteur hésitait devant la chose qu'il tenait dans sa main, le Veilleur redevint glacial et reprit d'un ton suspicieux :

« Ne me dites pas en plus que vous ne mangez pas de porc ? »

# XXIII

Lorsque l'Enquêteur fut enfin sur le trottoir, tremblant de peur, il se retourna pour regarder une dernière fois le Garde mais celui-ci avait déjà repris tranquillement la lecture de la page des sports de son journal tout en terminant de mastiquer son sandwich.

Après lui avoir donné le saucisson, le Veilleur ne lui avait pratiquement plus adressé la parole, se contentant de le remettre sur le bon chemin, par des gestes mécaniques, car il était impossible de distinguer au sol les lignes, rouge, verte ou jaune, la neige les ayant recouvertes. Comme ils étaient parvenus près du Poste de Garde, le Veilleur l'avait fait stopper et lui avait ordonné d'ôter la blouse, le casque et le badge.

« On vous les redonnera demain. Le matériel de l'Entreprise ne peut quitter l'Entreprise. »

131

L'Enquêteur mit ses mains dans les poches de la blouse, saisit le porte-clés à l'effigie du vieillard et fit un geste pour le rendre au Veilleur.

« Non, gardez-le, il vous portera chance ! »

L'Enquêteur lui tendit à contrecœur l'épaisse blouse et le casque trop petit. C'était un peu comme si soudain il s'était retrouvé nu, nu et frigorifié, son imperméable et son costume étant bien trop minces et encore trop humides pour suffire à le protéger du froid qui s'intensifiait.

« Hier soir, le Garde m'a demandé si j'étais détenteur de l'Autorisation Exceptionnelle, me serait-il possible de l'obtenir, elle pourrait peut-être m'être utile... »

L'Enquêteur s'était un peu voûté. Il s'attendait à un refus, une réponse outrée, quelque sermon peut-être, une explication improbable ou délirante de la part du Veilleur, mais celui-ci ne prononça aucun mot. Il prit dans la poche supérieure de sa salopette un stylo, dans celle de son pantalon une sorte de carton de forme carrée, griffonna quelque chose, puis donna le document à l'Enquêteur.

« Tenez. Je ne sais pas trop à quoi pourrait bien vous servir l'Autorisation Exceptionnelle, mais la voilà. Et maintenant, je vous prie de m'excuser, mais j'ai du travail. »

Il tourna les talons, s'éloigna à grands pas, disparut dans les ténèbres et les tourbillons de neige. L'Enquêteur regarda ce que lui avait donné le

Veilleur : c'était un sous-bock publicitaire d'une marque de bière, taché et écorné, sur lequel il avait inscrit : « Autorisation Exceptionnelle accordée au détenteur de cette carte. »

L'Enquêteur faillit le rappeler mais il n'en eut pas la force. Après tout, le sous-bock cadrait avec tout le reste. À quoi d'autre aurait-il bien pu s'attendre ? Il entreprit de se rapprocher du Poste de Garde dans lequel il apercevait de la lumière, et sous cette lumière, la tête penchée d'un homme.

Le chemin qu'il devait emprunter pour aller jusqu'à lui fut assez long bien que la distance en ligne droite ne dût pas excéder vingt mètres, mais les herses, les rouleaux de barbelés, les chicanes, les chevaux de frise qu'on avait remis en place proposaient à dessein un parcours labyrinthique qui interdisait les intrusions, aussi bien que les sorties précipitées. L'Enquêteur s'aperçut que le Garde l'avait remarqué et suivait désormais sa progression. Il crut bon de lui adresser un petit signe de la main, en souriant, pour s'attirer ses bonnes grâces, mais en même temps il donna un peu de mouvement au pan droit de son imperméable, celui-là même dont la poche pendait, et le tissu accrocha les dents d'acier d'un barbelé qui le déchira sans état d'âme sur trente bons centimètres. La matière est admirable, qui ne connaît pas les sentiments et dont l'existence ne s'encombre d'aucune faiblesse. On la pose quelque part et elle fait son office. Seuls les éléments, au long des millénaires, la perturbent mais elle n'en sait rien. Malgré cet incident, l'Enquêteur garda son sourire, de façon à ne pas alerter le Garde qui, s'il l'avait regardé avec attention, se serait très vite rendu compte qu'il ressemblait à un vagabond.

« Bonsoir ! »

L'Enquêteur avait rassemblé toute l'énergie qui lui restait pour prononcer ce simple mot sur un ton naturel. Le Garde était en train de tartiner le contenu d'une boîte de pâté sur une demi-baguette. C'était un homme au visage un peu rond, presque chauve. Posé devant lui, le journal ouvert à la page des résultats sportifs était constellé de miettes de pain. Une bouteille de vin à moitié vide tenait compagnie à un cendrier dans lequel fumait une cigarette. Au-dessus de la tête du Garde, un peu sur sa gauche, les écrans de contrôle affichaient des images fixes de différentes parties extérieures et intérieures de l'Entreprise. Aucun être humain n'apparaissait sur elles. Il se dégageait de ces portraits parcellaires du lieu une troublante impression d'irréalité comme si on avait posté des caméras de surveillance sur des décors de cinéma abandonnés, ou qui n'avaient peut-être jamais servi.

Le Garde avait levé les yeux et appuyé sur l'interrupteur de son microphone.

« Bonsoir ! Pas très chaud, n'est-ce pas ? »

L'Enquêteur fut décontenancé par sa voix cordiale et sa décontraction. Il regardait l'Enquêteur en souriant tout en continuant à étaler son pâté dont l'odeur délicieuse passait au travers des minuscules trous de l'hygiaphone.

«J'ai l'Autorisation Exceptionnelle!» proclama l'Enquêteur en plaquant le sous-bock contre la vitre. Le Garde jeta un œil machinal sur le carton, puis sur l'Enquêteur.

«Je ne sais pas trop à quoi vous autorise votre Autorisation, mais vous avez l'air tellement fier de la posséder que je m'en réjouis pour vous.»

Il but une large rasade de vin, tira une dernière bouffée de sa cigarette, l'écrasa et entama son sandwich. L'Enquêteur le regardait faire avec une telle envie que l'autre s'en rendit compte.

«Vous m'avez l'air en piteux état. Ce n'était pas votre jour de chance, je me trompe?»

L'Enquêteur opina du chef. La bonté spontanée de cet homme le bouleversait et lui faisait presque oublier sa faim. Il sentit ses yeux s'embuer.

«Allez, rentrez vite chez vous, bien au chaud, vous n'attraperez que du mal à traîner par ce temps. Vous avez été assez exploité comme cela, vous ne croyez pas?»

Le Garde engloutit une nouvelle bouchée de son sandwich. L'Enquêteur ne savait pas trop de quoi ni de qui voulait parler cet homme, mais il prenait plaisir à faire durer ce moment fraternel.

« Vous êtes de quel Service ? reprit le Garde. Nettoyage ? Un esclave moderne ! Un de plus ! J'espère que vous ne vous donnez pas à fond au moins ? Vous et moi, ainsi que des milliers d'autres, ne comptons pas pour eux. Nous ne sommes rien. Nous sommes à peine des numéros sur des listes de personnel. On peut en être déprimé mais moi, je m'en contrefiche. Regardez-moi : le règlement stipule qu'il est interdit de fumer, de boire et manger pendant le service, eh bien je fais tout en même temps. Le règlement, je m'assois dessus. Ils nous font faire un sale travail que personne ne veut faire ? Faisons-le salement ! Je suis un homme libre. Je vais vous donner un exemple car vous m'êtes immédiatement sympathique : je suis Garde, je suis donc censé protéger l'Entreprise de toute entrée non autorisée, n'est-ce pas ? »

L'Enquêteur fit oui de la tête. Il ne maîtrisait plus les mouvements de son corps que le froid agitait. Quelques centimètres de neige s'étaient déposés sur son crâne et lui faisaient un curieux chapeau. Le Garde continuait à parler tout en dévorant son sandwich.

« Je vous assure qu'il pourrait venir ici des centaines d'individus pour voler tout ce qui peut se voler, je les laisserais filer sans même bouger le petit doigt, sans même appuyer sur le moindre de ces boutons d'urgence que vous voyez devant moi. Je pense même que je leur ouvrirais encore plus grand les portes, et que j'applaudirais en les regardant remplir leurs camions avec tout ce qu'ils auraient pu voler ! »

Le Garde but une grande rasade à même sa bouteille.

« Sans vous vexer, poursuivit-il, regardez-vous : vous voyez dans quel état ils vous ont mis ? Et tout ça pour engranger toujours plus de profit ? Si j'avais un conseil à vous donner, avec la position qui est la vôtre, vous pourriez semer une pagaille folle : plutôt que de passer le balai dans leurs bureaux, vous pourriez saboter tous les ordinateurs, oh, pas à coups de masse, discrètement bien sûr, un peu d'eau renversée sur un clavier, une tasse de café dans la grille d'aération d'un disque dur, un tube de colle dans une imprimante, le contenu de votre aspirateur dans le système de climatisation, et même un bon vieux court-circuit par-ci par-là, les classiques fonctionnent toujours, c'est pour cela que ce sont des classiques. Et le tour est joué ! L'Entreprise est un colosse aux pieds d'argile. Notre monde est un colosse aux pieds d'argile. Le problème, c'est que peu d'êtres tels que vous, je veux dire les petits, les exploités, les affamés, les faibles, les serfs contemporains, s'en rendent compte. Il n'est plus temps de descendre dans les rues et de couper la tête aux rois. Il n'y a plus de rois depuis bien longtemps. Les monarques aujourd'hui n'ont plus ni tête ni visage. Ce sont des mécanismes financiers complexes, des algorithmes, des projections, des spéculations sur les risques et les pertes, des équations au cinquième degré. Leurs trônes sont immatériels, ce sont des écrans, des fibres optiques, des circuits imprimés, et leurs sangs bleus, les informations cryptées qui y circulent à des vitesses supérieures à celle de la lumière. Leurs châteaux sont devenus des banques de données. Si vous brisez un ordinateur de l'Entreprise, un parmi des milliers, vous coupez un doigt au monarque. Vous avez compris ? »

Le Garde avala une rasade de vin et se gargarisa avec le liquide. L'Enquêteur l'avait écouté, la bouche grande ouverte. Il avait l'air d'un parfait idiot. La neige donnait à ses frêles épaules un dessin plus marqué, rectangulaire. Il devenait grâce à elle une sorte de gradé de la nuit, sous-officier stupéfait d'une armée en déroute qui n'avait même plus conscience des enjeux du conflit dans lequel il avait été jeté.

« Ne pensez-vous pas que vous devriez faire attention à ce que vous dites ? hasarda-t-il.

— Attention à quoi ? À qui ? Je n'ai pas de maître. J'ignore l'autorité. Des êtres tels que moi existent encore. Pourquoi croyez-vous que je fais ce travail que tout le monde refuse ? Parce que je ne veux pas entrer dans le jeu. Regardez-moi, je suis derrière la vitre. Tout un symbole ! Et puis, vous n'êtes pas un Policier ? Hein ?

– Bien sûr que non, dit l'Enquêteur.

– Vous n'êtes pas non plus celui qui se présente comme étant l'Enquêteur ? Mon collègue m'a averti. L'homme a essayé de forcer le passage hier soir, vers 22 heures. Sous prétexte d'une Enquête sur les suicides. Une Enquête sur les suicides, à 22 heures, nous pensent-ils stupides à ce point ? Je suis persuadé que cet individu est en fait un Dégraisseur, un de plus. Il en vient un par mois. Chaque fois, cela remplit une charrette. Vous vous rendez compte, ces gens n'ont aucune morale. Ils viendraient même officier la nuit si on les laissait faire, et tout cela pour préparer leurs répugnantes besognes ! Bien sûr que vous n'êtes pas l'Enquêteur. Avec votre visage de malheur, vos trois maigres cheveux et vos haillons, vous êtes comme moi, vous n'êtes pas lui !

– Bien sûr…, répondit l'Enquêteur qui tremblait, et pas seulement de froid, tout en serrant, dans l'unique poche intacte de son imperméable, le vieux saucisson dont lui avait fait cadeau le Veilleur.

– Je vous jure que si cet individu revient cette nuit, reprit le Garde, je ne serai pas aussi amène que mon collègue, je le grille !

– Vous le… grillez… ?

– Et sans état d'âme ! Vous voyez cette manette, dit le Garde en désignant au mur une sorte de grosse poignée caoutchoutée, si je l'abaisse, je fais passer un courant de vingt mille volts dans toutes les protections métalliques que vous apercevez autour de vous, et même s'il ne les touche pas, même s'il se tient à la place qui est la vôtre en ce moment par exemple, l'ampérage est tellement fort qu'en deux ou trois secondes cette créature répugnante sera transformée en un vulgaire petit tas de cendres !

– Un tas de cendres..., gémit l'Enquêteur.

– *Poussière, tu redeviendras poussière* ! » conclut le Garde dont le menton s'ornait désormais d'un minuscule morceau de pâté tombé de son sandwich.

# XXIV

L'Enquêteur rêvait peu d'ordinaire. Ses nuits étaient calmes, et, au matin, il ne se souvenait que très rarement de ses songes, à part celui, récurrent, de la photocopieuse. Il était au bureau. Il avait besoin de constituer le double d'un dossier d'enquête. Il se rendait dans le local de la photocopieuse, commençait à reproduire les documents du dossier, mais elle se mettait subitement en mode pause car la cartouche de toner ne contenait plus d'encre. Comme il ne savait pas comment la changer, sa fonction était de mener à bien des enquêtes, pas d'assurer la maintenance d'une photocopieuse, il restait devant la machine, désemparé. Fort heureusement ce rêve pénible n'était jamais devenu réalité. Mais là, tout ce qu'il vivait depuis qu'il avait posé le pied dans cette ville, c'était bien évidemment un cauchemar. Ce ne pouvait être que cela. Quoi d'autre ? Rien. Oui, un cauchemar. Un long cauchemar d'un réalisme certes diaboliquement compliqué, raffiné et tortueux, mais un cauchemar tout de même !

Le problème était que l'Enquêteur n'apercevait aucune porte de sortie. Il ne savait fichtrement pas comment s'échapper de cet univers forcément faux, totalement onirique et qui n'était en rien la vie. La vie ne peut ainsi vous dérouter, vous faire rencontrer des personnages aussi inquiétants que ceux qui, depuis la veille, prenaient plaisir à jouer avec lui, à l'affamer, le perturber, le bousculer, le faire espérer, l'anéantir, l'apeurer. Quoique ? Quoique... ? se dit-il. La vie, qu'il avait jusqu'à ce moment perçue comme une suite monotone et agréablement ennuyeuse de répétitions sans surprises, recelait peut-être, sous un certain éclairage ou dans certaines conditions, des accidents insoupçonnés, angoissants, voire tragiques.

La rue était vide, comme elle l'était la veille au soir. Les voitures, la foule des piétons, tout avait disparu, ce qui ne le surprit guère, et c'est bien cela qui l'étonna : ne plus être surpris. Il se dit qu'il commençait lui aussi à épouser cette logique sans logique de son cauchemar. Cela ne calma pas sa faim, ne fit pas tomber sa fièvre, ne raccommoda pas son imperméable, n'allégea pas son immense fatigue, mais il se sentit tout de même un peu mieux car, si ses pensées se modelaient sur les événements qu'il rencontrait et allait sans doute encore rencontrer, il réfléchit qu'il les supporterait vraisemblablement avec plus d'aisance, comme un homme s'aventurant dans les hautes altitudes finit par s'accoutumer au manque d'oxygène.

Malgré son extrême fatigue et son état de faiblesse, il traversa la rue en quelques secondes, avec une facilité qui le fit ricaner lorsqu'il se rappelait la peine qu'il avait eue le matin même à rejoindre l'entrée de l'Entreprise. Il se dirigea vers l'Hôtel, dont l'enseigne tentait de s'allumer pendant quelques secondes, grésillait misérablement avant de s'éteindre puis de faire une nouvelle tentative vouée à l'échec. La chaussée était recouverte de neige. Aucune autre trace hormis celle de ses pas. Il y vit la preuve de ce qu'il venait de pressentir. C'était une neige de rêve, une rue de rêve. Il était impossible qu'aucun véhicule, qu'aucune moto, qu'aucun piéton ne l'eût foulée car la Ville n'était pas un désert : il en avait eu la preuve le matin même quand s'y étaient engorgés toutes ces voitures par centaines, tous ces gens par milliers. Il rêvait donc.

Il fut soudain saisi d'un doute car son raisonnement prenait du plomb dans l'aile. Il s'aperçut qu'il jouait sur les deux tableaux, rêve et réalité, choisissant l'un ou l'autre pour expliquer les événements quand cela l'arrangeait. La belle théorie du cauchemar tombait à l'eau. Il n'y avait hélas qu'une seule réalité et il y était enfoncé jusqu'au cou, comme un bâton de bois dans un tonneau de mélasse. Son moral, qui avait commencé quelques minutes plus tôt à se redresser, s'affaissa, fragile château de cartes. Il eut de nouveau très mal à la tête.

Ce fut d'une main harassée qu'il poussa la porte de l'Hôtel. La Géante se trouvait derrière le comptoir de la réception.

« Vous *étiez* la chambre 14 ? » dit-elle en l'apercevant.

L'Enquêteur ne réussit même pas à articuler un mot. Il se contenta d'opiner de la tête en se demandant ce que ce verbe conjugué à l'imparfait pouvait bien signifier. De quel registre avait-il été supprimé ? De quelle liste l'avait-on rayé ? Et pourquoi ? La Géante portait toujours son peignoir rose en éponge qui enveloppait son corps énorme. L'Enquêteur se sentait minuscule à côté d'elle et, malgré son rhume, et tout en se tenant encore à quelques mètres d'elle, il parvenait à percevoir son odeur caractéristique de sueur sucrée.

« Nous avons été contraints de vous changer de chambre, la Direction vous prie de bien vouloir l'en excuser. Vous serez dorénavant la 93. Premier étage. Votre valise vous y attend déjà. »

La Géante posa la clé, minuscule, sur le comptoir. Il s'apprêta à la saisir mais elle mit son index dessus.

« Une dernière chose, lui dit-elle, tout en déposant de sa main libre un document sur le comptoir. Une signature sur cette facture qui concerne les dégâts que vous avez provoqués ce matin.

– Les dégâts… ?

– Un rapport qui m'a été transmis fait état de dégradations dans les toilettes pour femmes du rez-de-chaussée. Je ne fais que transmettre. Je ne porte aucun jugement sur le fait que vous avez pénétré dans les toilettes des femmes… »

La Géante avait prononcé cette dernière phrase sur un ton plus léger, plein de sous-entendus. L'Enquêteur faillit se lancer dans une explication, mais il y renonça. À quoi bon ? Il s'empara de la facture, du stylo que la Géante avait placé sur le comptoir et s'apprêta à signer mais, quand il aperçut la somme qui était inscrite, il fit un bond.

« Mais ce n'est pas possible ! Tout cela pour une serviette déchirée ? Je refuse de signer un tel document ! »

Il fit claquer le stylo sur le comptoir, mais cela n'eut aucun effet sur la Géante qui restait à l'observer, impassible. L'Enquêteur en fut déstabilisé. Il prit la facture, la parcourut pour la lire plus en détail. Elle contenait 15 rubriques : « *remplacement de la serviette détruite, remplacement du porte-serviettes détruit, remplacement des vis détruites, réfection du plâtre du mur endommagé, reprise peinture du mur endommagé, repas des trois ouvriers (plâtrier, peintre, menuisier), frais de transport des trois ouvriers, nettoyage du chantier, désinfection des toilettes, frais de déclaration de l'incident, frais de constat, taxe sur les frais généraux, taxe sur les frais secondaires, taxe sur les taxes, taxe sur la taxe sur les taxes.* »

« C'est une escroquerie ! Déjà votre faux Policier qui me fait perdre ce matin mon temps et maintenant vous prétendez me...

– Quel faux Policier ? » l'interrompit la Géante.

L'Enquêteur rassembla ses dernières forces, fit refluer la nausée douceâtre qui lui montait aux lèvres, déglutit, appuya ses mains contre ses tempes pour contenir la douleur qui cognait son crâne avec l'entêtement d'un joueur de percussions.

« Vous le savez mieux que moi je pense, cet homme qui vit dans ce placard à balais, là... », précisa l'Enquêteur en désignant la remise dans laquelle il avait fait sa déposition.

La Géante regarda la porte du local technique, puis de nouveau l'Enquêteur.

« Je n'en peux plus, il faut que je dorme... Nous verrons cela demain... Rendez-moi mes papiers et ma carte de crédit...

– Où sont-ils ? »

L'Enquêteur s'étrangla de panique.

« Mais dans le coffre, là, vous me les avez confisqués et vous les y avez mis hier soir ! Vous vous souvenez ? »

La Géante s'immobilisa, parut ne plus respirer, continua à le regarder fixement.

« Je ne me souviens pas. Je ne me souviens de rien lorsqu'on me tire de mon sommeil à 3 h 14 de la nuit. Et puis *confisqués* n'est pas le terme exact, vous vous souvenez sans doute que le règlement...

– Paragraphe 18 alinéa C...

– Tout à fait. Nous avons déjà eu suffisamment de mésaventures avec des clients prenant une chambre et n'ayant pas les moyens de payer.

– Rendez-moi ce qui m'appartient... s'il vous plaît. »

L'Enquêteur la suppliait. Il avait mis dans ses derniers mots toute sa détresse. La Géante en parut ébranlée. Elle hésita puis, lentement, glissa sa main droite sous sa chemise de nuit entre ses deux seins, fouilla un moment, et en ressortit une clé dorée, celle du coffre. Elle l'enfila dans la serrure, lui fit faire trois tours sur la gauche, ouvrit la porte de métal, regarda à l'intérieur.

« Alors ? Qu'est-ce que vous vouliez récupérer ? » demanda-t-elle sur un ton goguenard. Les yeux de l'Enquêteur ne quittaient pas le coffre.

Celui-ci était tragiquement vide.

# XXV

L'Enquêteur faillit perdre pied définitivement. Il y eut une longue minute durant laquelle il sentit son corps et son cerveau sur le point de se morceler, de se fissurer comme un mur soumis à la secousse d'un tremblement de terre, d'une onde de choc provoquée par une bombe d'une puissance extrême. Il ferma les yeux afin que disparaisse cette vision du coffre vide, ce coffre qui ne contenait rigoureusement rien et qui devenait en quelque sorte une métaphore absolue de la situation dans laquelle il se trouvait, voire de sa vie tout entière. Puis il s'entendit parler, toujours les yeux fermés. Oui, des mots sortirent de sa bouche, comme des plaintes, faibles, hésitantes, des mots convalescents, à peine audibles, comme si, pour aller jusqu'à la Géante, ils avaient emprunté des méandres, des voies de contournement, des déviations, des allées périphériques, des autoroutes sans fin perdant à chaque bifurcation un peu de leur force et beaucoup de leur texture.

« Comment cela est-il possible... ? Vous avez égaré ce que je vous avais confié... »

La voix de la Géante lui parvint dans sa nuit.

« C'est vous qui le dites, je ne me souviens de rien, je le répète, je dormais quand vous êtes arrivé.

– Mais de moi... ? Vous souvenez-vous de moi ?

– Très vaguement, en vérité. Et ce n'est pas une preuve. On m'avait dit ce soir d'attendre la chambre 14. Vous étiez le seul Résident à ne pas être encore rentré. J'en ai donc conclu en vous voyant arriver tout à l'heure que vous étiez la 14. Ce n'est pas votre physique qui m'a permis cette déduction, vous ressemblez à n'importe qui. »

L'Enquêteur ouvrit les yeux.

« Êtes-vous la seule à posséder cette clé ?

– Mon Collègue de jour en a une autre.

– Se pourrait-il qu'il ait placé ma carte de crédit et mes papiers d'identité dans un autre endroit ? »

La Géante hésita.

« C'est peu probable.

– Peu probable mais pas impossible, reprit l'Enquêteur à bout de forces mais qui apercevait un espoir.

– Je le répète : peu probable. »

– Pourrions-nous vérifier demain ? J'ai vraiment besoin de dormir. Je suis si faible. Je n'ai rien mangé. Rien. »

La Géante fronça les sourcils comme si elle suspectait une entourloupe.

« Et comment allez-vous payer si vous n'avez pas de quoi ? »

Les bras de l'Enquêteur tombèrent le long de son corps. Réussirait-il, au moins momentanément, à sortir de ce bourbier ?

« Je suis envoyé ici en mission », dit-il, ayant conscience que cette phrase pouvait le faire passer pour un de ces nombreux illuminés qui hantent les centres des mégalopoles, proclamant à qui veut bien les écouter qu'ils sont les envoyés de Dieu ou d'un peuple extra-terrestre. « J'ai une Enquête à mener, reprit-il, en s'efforçant de retrouver un ton naturel, une Enquête dans l'Entreprise qui se situe juste en face de votre établissement.

– Vous seriez donc l'Enquêteur ? s'étonna la Géante.

– Absolument. »

La Géante hésita, fit le tour de son comptoir, s'approcha de lui, le prit doucement par l'épaule, le fit tourner sur lui-même pour l'examiner en détail, et le poussa vers le grand miroir qui occupait un des murs de l'entrée.

« Regardez-vous. »

L'Enquêteur vit dans la glace un homme vieux et voûté au visage mangé par une barbe de deux jours, aux yeux chauds et rougis qui roulaient sans cesse de gauche à droite et de droite à gauche. Son front tuméfié avait viré au jaune orangé et la région située aux abords immédiats de la plaie provoquée par la chute du téléphone était devenue violacée. Les vêtements qu'il portait étaient des loques, chiffonnées, salies, déchirées, notamment son pardessus qui avait dû être jadis un imperméable de confection ordinaire. Son pantalon aussi s'ouvrait d'une grande entaille, à la hauteur de la cuisse droite, qui apparaissait, blanche et nue, zébrée par une griffure longue et zigzagante maculée de sang séché. Ses chaussures s'apparentaient à des morceaux de charpie brunâtre. La semelle de l'une d'elles était décollée sur le devant et l'autre n'avait plus de lacet.

« À qui voulez-vous faire croire que vous ressemblez à l'Enquêteur ?

– Mais je n'ai pas à ressembler à l'Enquêteur, je suis l'Enquêteur ! dit-il, s'adressant aussi bien à la Géante qu'à lui-même. Je suis l'Enquêteur... », reprit-il avec douceur comme pour s'en convaincre vraiment, tandis que de grosses larmes coulaient sur ses joues, des larmes pleines, rondes, qui dévalaient sur son visage et glissaient vers la peau fripée de son cou. Des larmes d'enfant. Il resta ainsi un moment devant le miroir, incapable de bouger, incapable de la plus petite réaction. La Géante avait regagné son comptoir.

« Signez-moi la facture, et vous gagnerez votre chambre. Je pourrais vous mettre à la rue puisque vous venez de m'apprendre que vous n'êtes pas en mesure de régler l'Hôtel et que vous ne possédez même pas de pièce d'identité, mais je ne suis pas une mauvaise femme, et je suis persuadée que nous pourrons trouver un arrangement. »

Il se tourna lentement vers la Géante, prit le stylo qu'elle lui tendait, signa la facture sans même la regarder.

« Vous oubliez votre clé ! »

Il s'était déjà éloigné vers l'escalier. Il revint en arrière, saisit la clé de la chambre, dut effleurer pour cela les gros doigts moites de la Géante et monta très lentement les marches, en s'agrippant à la rampe.

Demain, il téléphonerait. Oui, il passerait un coup de fil à son Chef de Service. Tant pis s'il le prenait pour un idiot ou un incompétent, mais cela ne pouvait plus durer. Il n'allait tout de même pas y laisser sa santé, physique ou mentale, voire même sa peau. Il expliquerait tout. Le Chef de Service comprendrait, s'arrangerait avec l'Hôtel, se porterait caution et tout rentrerait dans l'ordre. Demain, il n'aurait plus cette épine dans le pied et dans le cerveau, et la première chose qu'il ferait ensuite serait évidemment de changer d'hôtel. Il ne resterait pas une nuit de plus dans celui-ci. Il l'oublierait. Il le chasserait de sa vie.

L'Enquêteur était arrivé devant la porte de la chambre 93. Elle était bel et bien située au premier étage, ainsi que le lui avait dit la Géante. Il fit jouer la clé, poussa la porte, qui ne s'ouvrit que d'une vingtaine de centimètres malgré ses efforts répétés. Il se glissa avec peine dans ce mince espace, actionna l'interrupteur, et découvrit la chambre : un lit d'une place, une table de chevet, une armoire, une chaise, une fenêtre fermée derrière laquelle on apercevait des persiennes closes. Une porte qui donnait sans doute sur la salle de bains. C'était le même mobilier que celui de la chambre 14, les mêmes murs verdâtres, cloqués d'humidité, le même néon circulaire, fatigué, intermittent, la même photographie de vieillard, si proche de celui du porte-clés. L'unique différence consistait dans la taille de la chambre : le lit occupait quasiment tout l'espace de celle-ci, qui, au mieux, représentait une surface de cinq mètres carrés, coinçant la porte de l'armoire ainsi que celle de la salle de bains dans laquelle il devenait donc rigoureusement impossible de pénétrer. Quant à la chaise et à la table de chevet, faute de place au sol, elles étaient posées en long, à plat sur le lit, à côté de sa valise.

L'Enquêteur referma la porte derrière lui.

« Tenir, songea-t-il en serrant les poings. Tenir... Tenir encore au moins cette nuit. »

153

Il monta sur le lit, poussa la table de chevet et la chaise le plus possible vers le bas du matelas. Il empoigna ensuite sa valise, la souleva avec difficulté tant elle était lourde – mais n'était-ce pas plutôt lui qui était épuisé ? –, parvint à la porter à bout de bras, tenta à trois reprises, sans succès, de la glisser au-dessus de l'armoire, mais il y renonça car il s'aperçut que l'espace entre le haut du meuble et le plafond était insuffisant pour qu'elle puisse s'y glisser.

Il la laissa retomber lourdement mais en s'écrasant sur le lit elle fit bondir, un peu comme un diablotin cornu jaillissant d'une boîte de farces et attrapes, un petit objet cylindrique qui auparavant devait être masqué dans un repli de la couverture. Un petit tube jaune et bleu. Le même que celui que le Policier lui avait tendu le matin même et qui contenait des médicaments contre la douleur. L'Enquêteur le prit dans sa main, le serra en tremblant, sentit sa gorge se nouer. Cet homme n'était donc pas totalement mauvais, puisqu'il avait pensé à lui, qu'il s'était soucié de son état de santé, qu'il avait pris soin de déposer lui-même ces médicaments sur son lit. Car ce ne pouvait être que lui qui avait eu cette intention. Lui seul.

L'Enquêteur eut un faible sourire puis il se coucha sur le lit, une fois de plus sans prendre la peine de se déshabiller. Il s'allongea sur le côté, ramena ses genoux à la hauteur de son ventre, rentra la tête dans ses épaules, ferma les yeux.

Immédiatement, il plongea dans un épais sommeil, tout en tenant dans ses mains le tube de médicaments et le saucisson sec : un vieux saucisson momifié et immangeable, un tube contenant des comprimés qu'il ne pouvait même pas absorber puisqu'il n'avait pas d'eau et ne pouvait accéder à la salle de bains, deux choses en somme résolument inutilisables, mais qui témoignaient néanmoins d'une touchante possibilité humaine dans un monde qui lui apparaissait de plus en plus infondé.

# XXVI

On sonnait. Une sonnerie timorée, grelottante, exténuée. Le téléphone. Comme le matin précédent. Un peu de jour entrait par les persiennes closes. Le téléphone. L'Enquêteur ouvrit les yeux. Que cette chambre était petite, et combien étroite ! Il eut l'impression d'avoir dormi dans une boîte. La sonnerie continuait, mais il ne voyait aucun téléphone. Où pouvait-il être, bon sang ? Rien sur les murs. Rien sur l'armoire. Rien sur la porte de l'armoire, ni celle de la salle de bains. La sonnerie, même excessivement faible, ne se résignait pas. Sous le lit ? Aurait-on été assez dérangé pour placer un téléphone sous le lit ? Non, rien sous le lit. Et cette sonnerie qui ne s'arrêtait pas. Il plaqua son oreille contre la porte de l'armoire qu'il n'aurait de toute façon pas pu ouvrir. Non, la sonnerie ne provenait pas de là.

Le plafond ? Ne restait que le plafond ! Un téléphone fixé au plafond. La sonnerie persistait, timide mais régulière. L'Enquêteur était à quatre pattes sur le lit. Il ne voulait pas regarder au plafond. Ce n'était tout simplement pas admissible qu'on ait pu placer un téléphone au plafond. La sonnerie ne cessait pas. Il se résigna à tourner lentement sa tête vers le haut : le téléphone était fixé un peu sur la gauche du néon circulaire.

Il bondit sur ses jambes, tendit le bras, essaya de saisir le combiné inséré dans son socle, le rata, le récupéra au bout de la troisième tentative tandis que le téléphone faisait le yoyo au bout du cordon élastique.

« Allô… ?

– Allô… ? répondit une voix assourdie, terriblement éloignée.

– Vous m'entendez ? demanda l'Enquêteur.

– Vous m'entendez ? répéta la voix.

– Mais qui êtes-vous ?

– Qui êtes-vous ? reprit la voix lointaine.

– Je suis l'Enquêteur.

– Je n'en peux plus ! répondit la voix lointaine. Je ne parviens pas à ouvrir.

– Ouvrir quoi ?

– C'est atroce, c'est absolument impossible à ouvrir !

– MAIS OUVRIR QUOI !? hurla l'Enquêteur.

– Impossible… J'ai tout essayé. Et cette chaleur ! Aidez-moi…, balbutia la voix qui mourait.

157

« – Vous êtes encore là ?

– Plus sortir… impossible.

– Mais sortir d'où ? Qui êtes-vous ?

– Comme un rat… », dit encore la voix, puis elle se tut.

L'Enquêteur regarda le combiné. Le téléphone restait muet, mais on n'avait pas pour autant raccroché : l'Enquêteur entendait un souffle, mais un souffle qui n'avait plus rien d'humain, comme celui du vent glissant sur un paysage désolé et sans relief. Qui l'avait appelé ? Était-ce le même homme que la veille ? Comment savoir ? Et que pouvait-il faire ? Rien sans doute. On devait épier son comportement. Tout cela n'était qu'une plaisanterie.

Après quelques secondes, il se dressa sur la pointe des pieds et raccrocha le combiné dans le socle vissé au plafond, et c'est à ce moment, à ce moment seulement, qu'il s'aperçut qu'il était totalement nu.

Un réflexe idiot lui fit mettre les deux mains à plat sur son entrejambe. Mais qui aurait pu le voir ? La chambre ne comportait qu'une seule fenêtre et les persiennes rabattues le protégeaient d'éventuels voyeurs. Par ailleurs, même s'il ne voulait pas s'en assurer, il était persuadé que derrière les persiennes il trouverait le même mur de parpaings jointoyés que dans la chambre 14.

Pourquoi était-il nu ? Ce n'était pas dans son habitude de dormir ainsi. L'Enquêteur ressentit une honte telle qu'il se cacha immédiatement sous les couvertures, tête et corps. Pour autant, il ne pouvait indéfiniment rester ainsi. Il s'enroula dans le drap, se leva sur le lit, et se mit en quête de ses vêtements. Il put mettre assez facilement la main sur le vieux saucisson et le tube de médicaments, mais aucune trace de son maillot, de son caleçon, de ses chaussures, de sa chemise, de l'imperméable, du pantalon et du veston. Disparus, volatilisés, dissous. Pourtant, ils devaient être là, quelque part.

L'Enquêteur cherchait à se rappeler où il avait bien pu les cacher, mais comme il ne se souvenait absolument pas de s'être déshabillé, il lui était encore plus difficile de savoir ce qu'il avait pu faire de ces vêtements. Un violent éternuement mit fin à son colloque intérieur. Puis un autre. Puis un troisième. Son nez obstrué, suintant, l'obligeait à respirer par la bouche, à une fréquence élevée, ce qui le faisait ressembler à un poisson rouge prisonnier de son bocal. Une douche brûlante, ou même glaciale, ne lui ferait pas de mal. Cela lui donnerait un coup de fouet, stimulerait son esprit et tonifierait son corps. Encore fallait-il pouvoir accéder à la salle de bains !

L'Enquêteur réfléchit, enveloppé dans son drap, ce qui lui donnait l'allure d'un sénateur romain, petit, au ventre flasque. Il imagina un plan qu'il mit sans plus tarder en œuvre. Cela consistait à soulever le plus haut possible le lit, autant que ses maigres muscles le lui permettaient, à coincer dessous la table de chevet, puis, s'il avait encore assez de force, à le soulever toujours plus haut pour placer la chaise entre le sommier et la table de chevet. Le lit se retrouva ainsi presque à l'horizontale, libérant par le fait la porte de la salle de bains.

Il pouvait l'ouvrir.

# XXVII

Il fut saisi d'étonnement : la salle de bains témoignait d'un luxe raffiné. Il était loin de se douter qu'un pareil espace, grandiose, pavé de marbre pâle, dont les murs s'ornaient de mosaïques céladon surmontées d'une grecque en cabochons dorés à l'or fin pouvait exister dans l'enceinte de l'Hôtel de l'Espérance, et sans doute était-ce là le seul et dernier vestige du temps où l'établissement avait été un palace. Mais que, en plus, cette salle de bains soit celle de la chambre dans laquelle on l'avait placé et qui, il aurait pu le certifier, était sans conteste la plus misérable, la plus sale et la plus étroite des chambres de l'Hôtel, voilà qui dépassait l'entendement !

Une lumière nacrée caressait les robinetteries d'or massif des deux lavabos, du bidet, de la grande baignoire creusée dans un bloc de porphyre, de la douche entièrement incrustée de pâte de verre bleutée. Une musique dans laquelle se mêlaient des cris d'oiseaux exotiques, des frottements de tambourin, des cuivres légers qui mimaient le bruit de piécettes chutant sur un sol de pierre, des flûtes aiguës et tout à la fois suaves, venait de multiples haut-parleurs qu'il ne parvint pas à localiser et qui semblaient incorporés aux murs. Au centre de la pièce, un petit bassin accueillait un jet d'eau dont le gargouillis entouré de vapeur emporta l'Enquêteur vers une rêverie de ports lointains, d'esclaves noires et nues, de palmes agitées pour rafraîchir son front, de grands bateaux mouillant au port et dont les ponts de macassar se chargeaient de sacs d'épices, de perles, d'ambre et de bitume. On l'avait obligé à lire un peu de poésie durant sa jeunesse, pour les besoins de l'école, mais il n'y avait jamais rien entendu. Et surtout, ce qu'il n'avait pas compris, c'était que des hommes puissent perdre leur temps à en écrire. Car cela ne servait à rien. À rien du tout, tandis que les rapports d'enquête précis et froids que l'on peut rédiger pour rendre compte de faits avérés, cerner une vérité, la disséquer, en tirer des conséquences, apparaissaient comme une façon plus intelligente, et pour tout dire la seule valable, d'user de la langue et de servir l'humanité. Fallait-il qu'il soit à ce point malade et dérangé pour songer, à la seule vue d'une opulente salle de bains, à des négresses alanguies, du vin de palme, des pâtisseries orientales et des danses du ventre ?

Une étagère en cristal supportait des flacons de sels multicolores et de savons liquides. L'Enquêteur en ouvrit quelques-uns, les huma mais il était tellement enrhumé qu'il lui était impossible de sentir quoi que ce soit. Il se contenta de lire les étiquettes et se décida pour *Lilas mauve*.

Laissant tomber à terre le drap, de nouveau totalement nu mais sans en éprouver la moindre gêne, l'Enquêteur versa dans ses mains la totalité du flacon de savon s'en enduisit les cheveux qui lui restaient, le visage et le corps puis ouvrit les deux robinets de la douche qui immédiatement déversèrent une eau généreuse au milieu d'une vapeur rendue azuréenne par l'opalescence de la pâte de verre des parois de la cabine.

Il posa son pied droit dans la douche et précipitamment le retira en hurlant de douleur : l'eau était brûlante ! Non pas chaude, mais brûlante ! Il diminua un peu le débit du robinet d'eau chaude, augmenta celui de l'eau froide, attendit un peu, se hasarda de nouveau à tendre son pied sous le jet. C'était encore pire ! Il eut l'impression qu'on déversait du plomb en fusion sur sa peau. Il abandonna la douche pour la baignoire, ouvrit le mitigeur, attendit : des vapeurs envahirent immédiatement le bloc de porphyre, il n'osa plus plonger son pied dedans. Il se contenta d'approcher une main près de l'eau et constata que, là aussi, elle coulait à une température atrocement élevée. Ne lui restaient que le lavabo et le bidet, vers lesquels il se précipita, orientant vers le froid les mélangeurs. Peine perdue : l'eau qui coulait aurait pu cuire un œuf en trente secondes. C'est alors qu'il inspecta les canalisations et se rendit compte à sa grande stupeur qu'aucune conduite d'eau froide n'alimentait les différents points d'eau de la pièce.

Même le jet d'eau du petit bassin, dont il avait pris la vapeur pour une quelconque brumisation raffinée, lançait une eau bouillante, comme en témoignaient les trois carpes japonaises qui flottaient ventre en l'air à la surface, la chair blanche, cuite et déjà désagrégée.

La beauté de la salle de bains ne servait à rien. C'était un Paradis chauffé aux flammes de l'Enfer. Il était impossible de s'y laver, de même qu'il aurait été impossible de s'y essuyer puisqu'il n'y avait aucune serviette ni aucun peignoir. Le corps entièrement enduit de *Lilas mauve* poisseux et prégnant, l'Enquêteur sentit retomber la très légère pointe d'optimisme qui avait commencé à renaître en lui. Il se pencha pour ramasser le drap de son lit et c'est à ce moment qu'une porte s'ouvrit dans son dos et qu'un gros septuagénaire au visage barré par une forte moustache entra, passa juste à côté de lui, s'installa sur les toilettes, déplia un journal et entama sa lecture.

L'Enquêteur n'osait plus bouger. D'où sortait ce vieil homme absolument nu tout comme lui, qui l'avait presque frôlé sans même le remarquer, et qui ressemblait trait pour trait à celui du porte-clés de l'Entreprise et de l'immense portrait photographique du bureau du Responsable, et sans doute aussi aux reproductions qui ornaient les chambres ? Était-ce vraiment le même individu ? Difficile à dire tant les êtres, nus ou habillés, font des impressions différentes. Et cette impudeur ! C'était tout de même inconcevable. Venir comme cela s'installer sur les toilettes !

L'Enquêteur était à deux doigts de l'interpeller lorsqu'il se dit que c'était peut-être lui qui n'était pas à sa place. Et si cette salle de bains n'était pas la sienne ? Après tout, n'avait-il pas dû déployer des efforts et de l'ingéniosité pour débloquer une porte qui avait été condamnée sans doute volontairement ? Mais oui, c'était évident... Il n'était pas là où il aurait dû être. Sortir, sortir au plus vite avant que le vieil homme ne se rendît compte de sa présence et ne fît un scandale.

Le vieillard était plongé dans la lecture de son journal. Un sourire bienheureux marquait son visage ridé. L'Enquêteur se redressa très lentement. Puis, avec la même lenteur, il glissa sur ses pieds, centimètre par centimètre, en direction de la porte de sa chambre mais il ne put l'ouvrir. Il n'osa pas insister de peur d'alerter le vieillard qui continuait toujours sa lecture sans lui prêter attention. Son salut résidait donc dans l'autre issue, celle-là même par où était entré le vieillard. C'était à l'opposé de l'endroit qu'il venait péniblement d'atteindre au prix d'une douloureuse reptation de ses orteils, et notamment ceux du pied droit qui, ébouillanté, était devenu écarlate. Mais il n'avait pas le choix. Il reprit donc son voyage, enduit de *Lilas mauve*, et, grâce à un glissement besogneux sur le sol de marbre, il atteignit l'autre porte, l'ouvrit en silence et disparut.

# XXVIII

La chambre qu'il traversa presque en courant était très différente de la sienne. À l'image de la salle de bains qu'il venait de quitter, vaste, luxueuse, confortable, elle paraissait d'un raffinement extrême. Il eut juste le temps d'apercevoir une malle-cabine, ouverte, qui contenait quatre ou cinq costumes, apparemment tous taillés dans la même étoffe chaude et souple, un tweed vert et beige, et un grand cigare qui achevait de se consumer dans un cendrier, tissant dans l'air conditionné de la chambre ses volutes d'ardoise.

Enrubanné dans son drap, l'Enquêteur se retrouva dans le couloir. Ou plutôt, comme il le constata rapidement, dans un couloir. Un couloir qu'il ne connaissait pas, mais qui fort heureusement était désert. Où était sa chambre ?

Sur la droite ? Sur la gauche ? En toute logique, elle devait être sur la gauche, mais comme rien dans l'Hôtel n'obéissait aux règles admises, il était fort probable qu'elle fût plutôt sur la droite. Il tenta sa chance en se dirigeant vers ce côté, mais à mesure qu'il avançait, traînant son pied droit échaudé, il lisait des numéros sur les portes, 765, 3, 67B, 5674, 1.6, A45718, BTH2Z, qui ne le mettaient aucunement sur la piste de sa chambre. Il revint en arrière, repassa devant la porte de celle du vieillard – 00000@00000 – et constata que la sienne – 93 – se trouvait immédiatement à côté. Qu'était-il donc allé chercher comme raisonnement rocambolesque ! Il entra.

Les dégâts étaient catastrophiques : la chaise en bois avait fini par se briser sous la pression du lit, celui-ci avait basculé en pivotant, accrochant au passage le téléphone fixé au plafond, qu'il avait arraché, ainsi que le tube au néon, avant de fracasser la table de chevet et d'enfoncer la porte de l'armoire. Celle-ci, déstabilisée, était tombée sur le côté, bloquant la porte d'accès à la salle de bains du vieil homme.

Épuisé, l'Enquêteur glissa vers le sol et s'y recroquevilla. Sa tête s'affaissa sur ses genoux. Agité de spasmes nerveux, il avait envie de pleurer tant sa situation lui paraissait sans issue mais son corps le lui refusa, comme si lui aussi se mettait du côté de ceux qui prenaient plaisir à le tourmenter. Il aurait aimé ne plus être. Oui, disparaître. Comme les désirs humains parfois sont étranges. Alors même que les hommes redoutent la mort, ils l'envisagent souvent comme une solution à tous leurs problèmes, sans même se rendre compte qu'elle ne résout rien. Absolument rien. Elle n'a pas à résoudre quoi que ce soit. Ce n'est pas son rôle.

Il sentit un peu de fraîcheur contre sa cuisse droite, ouvrit les yeux : c'était le tube de médicaments du Policier. Il le prit, le considéra un instant mais sans parvenir à concevoir la moindre pensée à son sujet, l'ouvrit et ingurgita tous les comprimés qu'il se mit à mâcher. Pris sans eau, ils avaient un goût d'herbes aromatiques, agréable et frais. Il les réduisit en une bouillie légèrement amère qu'il fit descendre dans son estomac.

La chambre ressemblait à un champ de bataille minuscule. Mais de quel combat devenait-elle ainsi l'image ? Et si combat il y avait eu, quel en était le vainqueur, et qui était le vaincu ? L'Enquêteur imaginait la facture que ne manquerait pas de lui présenter la Géante. Une bonne partie de ses économies y passerait sans doute. Peut-être même l'intégralité. Curieusement, cette perspective ne le troubla pas. Il plaçait de l'argent sans trop savoir pourquoi, sans même avoir le désir de l'utiliser. Chaque fin d'année, il avait rendez-vous avec le Conseiller financier, un homme qui lui expliquait, courbes et diagrammes à l'appui, les endroits les plus confortables où son argent pourrait se nicher, sommeiller en toute quiétude comme un animal de compagnie et sans aucun doute, entouré de toute l'affection et de tous les soins nécessaires, se reproduire dans les meilleures conditions. Il n'y entendait pas grand-chose, mais finissait par être d'accord avec ce qu'on lui proposait. Comme la plupart de ses contemporains, il s'apprêtait donc à mourir avec de l'argent de côté. Il se rendit soudain compte du ridicule de cette situation. S'il avait un peu d'argent, pourquoi le garder ? Pour qui ? Autant qu'il serve en définitive ! Et pourquoi pas pour payer les pots cassés.

Comme pour illustrer toutes ces pensées singulières qui grattaient son cerveau habitué à moins d'efforts, l'Enquêteur se leva subitement, saisit le dossier démantibulé de la chaise et, avec celui-ci, détruisit le lieu, réduisant en poudre de verre le tube au néon, explosant la coque plastique du téléphone, éventrant l'armoire, le matelas, l'édredon, pour finir par saisir ce qui restait de la table de chevet et le lancer contre la fenêtre dont les vitres dégringolèrent en mille morceaux sur le lit dévasté. Il ravagea avec méthode ce qui restait d'intact dans la chambre, puis s'arrêta, un peu essoufflé, parfaitement heureux.

Venue d'une profondeur insoupçonnée, une énergie violente l'électrisait. Pour la première fois de son existence, il avait effectué un geste gratuit et il n'en concevait aucun remords. Bien au contraire, en songeant à la tête que ferait le Policier quand on lui montrerait le champ de bataille, il rit beaucoup. Il avait décidé de reprendre en main la situation quelle qu'elle fût. Il avait une Enquête à mener. Il la mènerait. Et ce n'étaient pas quelques individus passablement dérangés, un hôtel impossible, un vieillard impudique, une ville hostile et une entreprise, fût-elle l'Entreprise, qui allaient triompher de lui. Saccager sa chambre, c'était affirmer sa liberté. L'Histoire, songea-t-il, ne broie que ceux qui veulent bien l'être.

Du mieux qu'il put, il nettoya sa peau à l'aide de son drap, la débarrassant de la couche laiteuse, dorénavant solidifiée en une croûte blanchâtre et cassante que le *Lilas mauve* y avait déposée. Il ouvrit sa valise pour y prendre des vêtements propres. Le fait qu'elle contînt une perceuse, un jeu de mèches pour bois, un autre pour métal, un troisième pour béton, ainsi que cinq culottes de femme, deux soutiens-gorge, une Bible en néerlandais, un pantalon de jogging vert pomme, des bottes en caoutchouc, une robe en laine jaune canari et trois mouchoirs qu'il reconnut comme lui appartenant n'entama pas le moins du monde sa vitalité reconquise. Le Garçon d'étage qui avait vidé sa chambre précédente, ainsi que d'autres sans doute aussi, avait simplement confondu les effets de différents clients avant de les redistribuer au hasard dans les bagages.

171

Sans aucune gêne, l'Enquêteur enfila une des culottes, synthétique, rose, transparente, bordée d'une délicate dentelle noire, le pantalon de jogging, la robe jaune qu'il trancha à mi-hauteur et qui se transforma miraculeusement en pull agréablement chaud et chaussa la paire de bottes. Après avoir un peu hésité, il laissa finalement la perceuse dans la valise en se disant qu'elle l'encombrerait plus qu'autre chose. Sur la patère derrière la porte, il trouva son imperméable qu'on y avait suspendu. Nettoyé et repassé, il était protégé par une fine housse de plastique. Une main experte et dévouée avait raccommodé la poche déchirée et le large accroc. Un papier était attaché à l'imperméable : « *Avec les compliments de la Direction.* »

Son cœur battait à cent à l'heure. Il sentait dans tout son corps des décharges voltaïques qui contractaient ses muscles, y compris ceux de son visage ainsi que ses paupières, de manière imprévue et délicieuse. C'était une belle journée qui s'annonçait. Il en était certain. Il n'était plus simplement un personnage falot, faible et fade, chahuté par une suite d'événements auxquels il ne comprenait rien. Il n'était plus seulement l'Enquêteur. Il devenait un héros. Il s'était affranchi, révolté, avait pris ce pouvoir qu'on lui refusait. La souris allait tuer le chat. La chimie opérait en lui des miracles.

Il quitta la chambre. La poignée de la porte qu'il avait claquée violemment lui resta dans la main. Il la fit sauter un instant dans sa paume, négligemment, un peu comme un fruit qu'on s'apprête à croquer, et la lança derrière son épaule tout en sifflotant, puis il descendit deux à deux les marches inégales de l'escalier pour se rendre dans la salle du petit-déjeuner.

# XXIX

« Vous êtes la 93 ? lui demanda un Serveur en habit blanc, pantalon noir.

— Absolument ! » s'entendit répondre l'Enquêteur d'une voix ressuscitée. Le Serveur fit un geste de la main pour l'inviter à le suivre.

La salle du petit-déjeuner était une nouvelle fois bondée. Mais l'Enquêteur s'aperçut que ce n'étaient pas les mêmes individus que la veille qui la remplissaient : il y avait là beaucoup de familles, avec des enfants de tous âges, des nourrissons, et aussi de très vieilles personnes, habillés pauvrement, dans des tenues parfois peu ordinaires, vastes robes traînant par terre pour certains hommes, grosses canadiennes fourrées au cuir râpé, anoraks décolorés, sans manches, manteaux noirs, coniques, boutonnés sur le devant et jusqu'aux pieds pour la plupart des femmes, fichus noués autour de la tête, bonnets de ski tricotés main, casquettes de fourrure, toques de feutre, bérets miteux, melons décatis.

Tous tenaient serrés contre eux des baluchons, des sacs de sport en skaï, distendus et désolants, des cartons ficelés, d'énormes sachets plastique souvent consolidés par de larges bandes d'adhésif brun, d'antiques valises en carton qui semblaient sur le point de craquer. La plupart avaient les mêmes traits physiques, visage anguleux, petite taille, nez prononcé, teint olivâtre ou carrément pain d'épice, cheveux sombres et bouclés, yeux cernés de mauve qu'agrandissait plus encore un état d'épuisement palpable.

C'était un entassement de corps.

L'Enquêteur n'en revenait pas. Il y en avait beaucoup plus que la veille. La salle paraissait devoir craquer sous ce nombre. Et ce qui le frappa davantage, ce fut le grand silence qui régnait, comme si la fatigue de ces femmes, ces hommes, ces enfants et ces vieillards leur avait scellé les lèvres et découragé chez eux le désir de communiquer.

Ils ressemblaient à des paysans, ou des ouvriers, des journaliers, des manœuvres sortis d'un autre siècle, des bêtes de somme dont le corps, soumis sans cesse à la loi du travail et aux privations de nourriture, s'était contenté de la maigreur de quelques os et du peu de chair qui les recouvrait. Tout en eux trahissait la pauvreté, l'indigence, ainsi que l'effroi que cette condition, sans doute subie depuis des décennies, voire des siècles, était parvenue à déposer au plus profond de leurs gestes et de leurs regards, comme un trait génétique contre lequel il ne sert à rien de lutter. La même marque souffrante s'imprimait dans chacun de ces êtres. Mais rien ne permettait de définir clairement leurs origines, le pays exact qui était le leur.

La plupart se serraient en grappes autour d'une table prévue pour quatre. Les enfants, maigres, se tenaient par manque de place sur les genoux d'adultes qui n'étaient guère plus grands qu'eux. Ils grignotaient des biscottes. Et à côté de ces biscottes que l'Enquêteur reconnut comme étant les mêmes que celles, infectes, qu'il avait dû avaler la veille, il y avait aussi les petites tasses de café noir, à peine remplies du breuvage boueux dont le seul souvenir lui donna la nausée. Ainsi toutes ces personnes qui, quels que soient leur âge ou leur sexe, étaient d'une maigreur inhumaine n'en supportaient pas moins le même sort : régime sec.

« Des Touristes ? demanda l'Enquêteur.

— Vous plaisantez ! Eux, des Touristes ? Vous les avez bien regardés ? Vous les avez reniflés ? dit le Serveur.

— Je vous en prie, pas si fort, ils pourraient vous entendre ! murmura l'Enquêteur.

— Aucun ne peut nous comprendre, ils ne sont pas d'ici. Je ne sais même pas quelle langue ils parlent, pas la nôtre c'est sûr. Ce sont des Déplacés.

« – Des Déplacés… ?

– Oui, des Déplacés ! » Et comme l'Enquêteur laissait transparaître sa surprise, le Serveur crut bon d'ajouter :

« Mais sur quelle planète vivez-vous ? Depuis quelques mois, on en rejette par fournées entières, mais ils reviennent toujours, et toujours plus nombreux d'ailleurs : vous avez remarqué le nombre d'enfants que font ces femmes ? Si on pouvait s'en passer, on le ferait volontiers, mais l'Hôtel est réquisitionné par le Service des Raccompagnements, pratiquement un jour sur deux. Regardez-les : pensez-vous qu'ils sont malheureux ? Ils sont différents, c'est tout. Je déteste la différence. Et j'aime les désinfectants. Vous par exemple, vous sentez particulièrement bon, et vous m'êtes donc sympathique. Tenez, vous êtes là : j'ai réussi à vous préserver une table. La Direction me prie de vous dire qu'elle est navrée de vous infliger ce spectacle et cette odeur. Je vous apporte tout de suite votre petit-déjeuner. »

L'Enquêteur s'assit à la table que le Serveur lui avait désignée : quatre places entourées de chaises vides. Tout autour, les autres tables étaient occupées par des familles, des hommes, des femmes pressés les uns contre les autres mais le lieu où se tenait l'Enquêteur était comme un îlot protégé ou interdit. Le même espace, dont il jouissait pour lui seul, était à quelques mètres plus loin dévolu en moyenne à une vingtaine de personnes qui toutes, par le fait, étaient installées dans le plus grand inconfort. Il prit place sans trop regarder autour de lui, baissa la tête et attendit.

Il avait beau essayer de se souvenir, jamais il n'avait entendu parler de ce phénomène. Des « Déplacés » ? Certes, il n'ignorait pas la réalité de certains mouvements de population, ni l'attrait que son continent exerçait sur bien des individus. Mais des Déplacés… ?

« 93 ? »

L'Enquêteur n'eut pas le loisir de réfléchir davantage. Deux Serveurs se tenaient devant lui. Ils avaient prononcé le numéro de sa chambre en même temps. L'Enquêteur fit oui de la tête. Les Serveurs déposèrent d'un seul mouvement deux grands plateaux sur la table, lui souhaitèrent un excellent appétit et disparurent dans la Foule qui s'ouvrit avec peine devant eux mais se referma très vite comme deux mains voulant garder leur chaleur au creux de leurs paumes.

# XXX

Quatre épaisses tranches de bacon, trois saucisses blanches, deux andouillettes aux herbes, une
omelette au lard, quatre œufs à la coque, six filets
de hareng marinés dans du vinaigre à l'oignon, des
cornichons à l'aigre-doux, du saumon fumé par-
semé d'aneth, des boulettes de renne, un pot de
rillettes, un assortiment de fromages, un panier de
viennoiseries, une demi-livre de beurre, des toasts
grillés, du pain à l'anis, du pain au pavot, du pain
au sésame, du miel, de la marmelade de coing, de
la confiture de rose, un gâteau au fromage, une
carafe de jus de pomme, un bol de salade de fruits
frais, des bananes, des pêches, des fraises, un ananas, cinq kiwis, un grand pot de thé noir fumé, un
autre de thé à la bergamote. Et pas la moindre
biscotte ! Pas le plus petit immonde café noir !
L'Enquêteur n'en croyait pas ses yeux. Tant de

délices déposés sur sa table à lui, l'affamé, le ventre creux. La tête lui tournait devant toute cette nourriture. Il avait l'impression d'être ivre. Il ne savait pas par où commencer, mais il fallait bien le faire, d'autant qu'il craignait que les Serveurs ne se ravisent, ou ne s'aperçoivent qu'ils avaient commis une erreur et ne viennent rechercher les plateaux.

Il se jeta sur les croissants, l'omelette, les saucisses aux herbes, le pain au pavot. Il enfila cela dans sa bouche avec ses doigts, il mâchait à peine, avalait tout rond, s'étouffait, se versait des tasses de thé fumant qu'il buvait d'un trait, plongeait ses doigts dans le miel, déchiquetait un filet de saumon nappé de marmelade de coing, trempait un pain au chocolat dans le pot de rillettes, sauçait la marinade des harengs avec le bacon, s'essuyait les lèvres avec un toast, l'engouffrait ensuite dans sa bouche, mastiquait deux bananes d'un coup, picorait une boulette de renne. Il sentait son ventre se remplir comme un grenier à grains après la moisson. Il dévorait en souriant, s'empiffrait sans compter, la tête baissée sur les bols, les assiettes, les tasses, abandonnant toute dignité, ne se souciant pas le moins du monde des sauces qui lui coulaient le long des commissures, des taches qui maculaient son pull, de l'état de ses doigts réduits à des pinces graisseuses. Et dire qu'il avait eu faim, faim à en pleurer. Lointain souvenir. Il souriait en se goinfrant.

« Vous ne manquez de rien ? »

Le premier Serveur venait d'apparaître. Au son de sa voix l'Enquêteur avait levé les yeux.

« Tout va très bien, dit l'Enquêteur en désignant le carnage qu'il avait déjà effectué dans les deux plateaux.

– N'hésitez pas surtout, reprit le Serveur, s'il vous manque quoi que ce soit, nous sommes là pour ça. »

Il s'inclina, se retourna, joua des coudes et disparut derrière l'écran des corps agglutinés autour de la table de l'Enquêteur. C'était un mur humain qui désormais était à quelques centimètres de lui. Une maçonnerie compacte d'yeux, de mains, de bouches, de visages pressés les uns contre les autres, une muraille implorante de Déplacés qui l'observaient. Il était cerné : vieux, jeunes, hommes, femmes, enfants et adolescents, collés les uns aux autres, les uns sur les autres, en d'infinies épaisseurs, en trois ou quatre couches superposées en un vivant charnier et ils le regardaient et leurs yeux écarquillés disaient leur faim atroce, leur désir de manger, leur envie de tuer aussi peut-être, pour un morceau de pain, une tranche de saucisse, une rondelle d'œuf dur.

Le plus proche de lui était un enfant. Il pouvait avoir quatre ans, ou cinq, peut-être même dix ans, mais sa maigreur était telle qu'il n'avait plus d'âge. L'Enfant regardait l'Enquêteur. C'était un petit humain peu vivant, un presque mort en somme, et dont le ventre démesurément gonflé

181

butait contre la table sur laquelle s'amoncelait la nourriture. Il ne demandait rien. Il se contentait de regarder l'Enquêteur de ses yeux vides. Il le regardait du fond de son exil. Il n'était plus seulement le Déplacé. Il était aussi le Témoin.

L'Enquêteur laissa tomber le morceau de saucisse qu'il tenait encore entre ses doigts. Ça ne pouvait plus passer. Il eut peine à avaler ce qu'il avait dans sa bouche. Son ventre lui faisait mal. Il étouffait. Tous ces gens étaient si proches. Trop proches de lui. Il n'avait plus d'air. Et l'Enfant le fixait, comme tous les autres le fixaient, mais lui plus encore, avec dans ses pupilles quelque chose qui venait sur l'âme de l'Enquêteur comme une pointe de graveur sur la plaque de cuivre, et cette pointe tranquillement y écrivait des interrogations, des questionnements.

On n'entendait plus rien. L'Enquêteur défit la grande serviette qu'il avait nouée autour de son cou, la laissa choir sur la table encore tout encombrée de nourriture, puis lentement se leva.

Tout avait pourtant si bien commencé.

« Vous nous quittez déjà ? » s'enquit un des Serveurs qu'il croisa en franchissant la porte tandis qu'auparavant la foule des Déplacés s'était peu à peu écartée sur son passage, comme on le fait devant les Dieux ou les lépreux. L'Enquêteur ne répondit même pas. Il se tenait le ventre des deux mains et serrait les dents. Il avait envie de vomir, mais il pressentait qu'il ne pourrait jamais tout évacuer, tout rendre. Car on ne peut jamais tout rendre, songea-t-il. Jamais. De même qu'on ne peut sans doute pas vivre heureux quelque part sans voler le bonheur de quelqu'un qui est ailleurs. Il grelottait. Il se sentait lourd comme une plaque d'égout, son pied ébouillanté tapait dans la botte, et voilà que, par-dessus le marché, il devenait philosophe. Un pauvre et banal philosophe, sans envergure, qui portait une culotte de femme et un jogging vert pomme, débitait de pauvres pensées, usées comme de vieilles casseroles lasses de cuire toujours les mêmes soupes.

# XXXI

On tambourinait à la porte des w-c dans lesquels il s'était enfermé.

Il avait eu juste le temps de s'enfuir de la salle du petit-déjeuner, de traverser le hall de la réception, d'apercevoir une porte qu'il n'avait auparavant jamais remarquée et sur laquelle il avait lu l'inscription « Toilettes Hommes », de s'y engouffrer, et de vomir longuement ce qu'il avait pu avaler plus tôt. Il était d'ailleurs toujours à quatre pattes, la tête à demi enfoncée au travers de la lunette. On tambourinait de plus belle.

« J'arrive… », parvint-il à articuler. Sa voix résonnait comme dans une grotte. Il se releva avec regret, s'essuya la bouche avec du papier hygiénique puis déverrouilla le loquet.

« Ah tout de même ! » Le Policier lui faisait face. Revêtu d'une blouse mauve à pois blancs, il tenait dans une main un balai-brosse, dans l'autre le seau bleu rempli d'éponges et de produits d'entretien.

« Je m'excuse, je n'étais pas très bien... », gémit l'Enquêteur.

Le Policier détailla son accoutrement mais ne fit aucune remarque.

« Je n'ai rien dégradé, ne vous inquiétez pas, rien sali non plus. Voyez vous-même. »

Le visage du Policier se ferma subitement.

« Je ne vous ai rien demandé. Je m'inquiétais pour vous. Je vous ai vu foncer dans les toilettes tandis que j'étais occupé à boucler un rapport, la porte de mon bureau entrouverte, car l'air y est trop confiné, et vous me traitez comme si j'étais dans l'exercice de mes fonctions ! Pour qui me prenez-vous ? Vous pensez que vous êtes le seul à vous préoccuper du malheur des autres ? Vous croyez que le désolant état psychique et sanitaire des Déplacés ne me préoccupe pas autant que vous ? J'ai beau être le Policier, je n'en suis pas moins homme. Et même si je ne vomis pas mon petit-déjeuner comme vous le faites, leur sort m'émeut, et je fais tout ce qui est en mon pouvoir pour que leur Déplacement soit le plus rapide possible afin qu'ils retrouvent, dans les meilleurs délais, l'endroit qui est le leur et qu'ils n'auraient jamais dû quitter. Maintenant poussez-vous, j'ai à faire. »

L'Enquêteur tournait encore dans sa tête ce que venait de dire le Policier mais celui-ci, les mains protégées par une paire de gants en caoutchouc rose, après avoir aspergé la cuvette des W-C d'un liquide jaune aux effluves d'eau de Javel et de résine de pin, frottait de toute son énergie la céramique avec une éponge.

« Vous n'êtes pas Policier. Cet hôtel n'est pas un palace. Ceci n'est pas la réalité. Je suis dans un roman, ou dans un rêve, et d'ailleurs sans doute pas dans un de mes propres rêves, mais dans le rêve de quelqu'un d'autre, un être compliqué, pervers, qui s'amuse à mes dépens. »

Le Policier se releva, fixa l'Enquêteur, parut réfléchir, puis finalement laissa tomber l'éponge dans le seau – ce qui provoqua un bruit étrange, comme un sanglot bref. Il retira lentement ses gants tout en considérant l'Enquêteur.

« Suivez-moi. »

C'était dit sans violence, presque avec douceur. L'Enquêteur, encore surpris par les propos qui étaient sortis de sa bouche et le ton sur lequel il les avait dits, était à deux doigts de s'excuser. Il préféra se taire et lui emboîter le pas.

« Je suppose que vous vous apprêtiez ce matin à rejoindre l'Entreprise pour y poursuivre votre Enquête ? »

Le Policier s'était arrêté sur le perron de l'Hôtel. C'était un matin identique à celui de la veille. Doux, caressé d'une lumière dorée, empli d'une intense activité humaine. Les deux trottoirs déroulaient leur Foule concentrée, compacte, et la chaussée disparaissait sous le flot des voitures qui roulaient au pas, serrées les unes contre les autres, sans qu'aucun automobiliste n'eût semblé se plaindre de la lenteur à laquelle elles avançaient.

« Clément le matin, féroce le soir.

— Pardon ?

— Je veux parler du climat, précisa le Policier. Comme vous, j'ai été un peu surpris au début. C'est à n'y rien comprendre. Un air printanier, voire estival, dans les premières heures du jour, et immanquablement vers la fin d'après-midi la neige, puis le gel qui vous déchiquette le visage dans les heures du soir, et pour finir, cette nuit précoce qui tombe comme une guillotine. Ce pourrait être une métaphore de la vie, mais je ne suis pas le Poète, je ne suis que le Policier.

« Vous vous arrêtez trop aux apparences. Je me demande bien comment vous pouvez mener une Enquête, quelle qu'elle soit, avec aussi peu de clairvoyance. Vous me voyez avec une blouse de femme de ménage, une brosse à la main, vous en tirez des conclusions prématurées. Et parce que mon bureau provisoire ressemble à un placard à balais, vous vous dites que je suis un simple employé du nettoyage qui a perdu la raison. Non, ne protestez pas ! C'est bien ce que vous avez pensé, on me l'a dit. Quel manque d'imagination de votre part ! J'aurais pu me vexer. J'aurais pu vous arrêter sur-le-champ, les motifs ne manquent pas depuis hier. J'aurais pu user de mon pouvoir arbitraire et sans limites, vous torturer d'une manière ou d'une autre, mais je crois aux vertus de la pédagogie. Venez. »

Le Policier traversa le trottoir avec la plus désarmante des facilités. La Foule se divisait instantanément en deux flots séparés. Les hommes et les femmes s'écartaient à son approche, se bousculaient pour lui laisser le passage. Aucun ne l'effleura. Parvenu ainsi, sans effort, au bord du trottoir, il se retourna pour apprécier la réaction de l'Enquêteur. Celui-ci, bouche bée, le contemplait comme s'il avait assisté à un miracle. Le Policier s'en aperçut, lui sourit et haussa les épaules comme pour lui signifier qu'il n'avait encore rien vu. Il se tourna vers la chaussée, leva simplement le bras en même temps qu'il posait le pied gauche sur l'asphalte. Immédiatement, toutes les voitures stoppèrent. La vision était stupéfiante. C'était comme si une mer se séparait brutalement en deux, découvrant ses fonds rocheux – en l'occurrence un vulgaire revêtement goudronné, çà et là troué d'ornières –, chassant ses flots de part et d'autre. Le Policier traversa la chaussée en quelques secondes et prit pied sur le trottoir opposé où, là aussi, la Foule l'évita avec le plus grand soin.

« Vous faut-il encore une preuve que je suis réellement le Policier ? » lança-t-il à l'Enquêteur médusé. Le cerveau de ce dernier devenait un mammifère nain enfermé dans une roue qu'il faisait tourner à toute vitesse, sans que cela ne produisît rien d'autre qu'un mouvement gratuit, sans signification et sans nécessité, et une dramatique surchauffe.

« Rejoignez-moi ! » lui cria le Policier.

Comme un automate, l'Enquêteur obéit, traversa le trottoir, puis la rue, sous la protection muette du Policier qui surveillait la manœuvre et tenait sous son autorité placide voitures et piétons, toujours immobiles. Arrivé à ses côtés, et tandis que, d'un simple claquement de doigts, le Policier avait fait reprendre le trafic, l'Enquêteur resta près de lui, la tête basse, honteux et, après un silence qui dura une éternité, penaud, il murmura :

« Je vous demande pardon. »

# XXXII

« Vous n'êtes pas le premier à vous faire abuser. Bien sûr, avant, c'était différent : les choses étaient claires. Mais je ne suis pas homme à regretter le passé, conclut le Policier, magnanime, en serrant la main de l'Enquêteur qui subitement eut encore davantage honte et baissa les yeux.

– Il faut que je vous avoue quelque chose.

– Allons, je vous ai déjà dit que...

– C'est important pour moi, coupa l'Enquêteur. Il faut que je vous le confesse : ce matin, j'ai saccagé ma chambre. Je l'ai dévastée. J'ai tout cassé. Je ne sais pas ce qui m'a pris. C'était plus fort que moi, ou plutôt, je n'étais pas moi-même, je suis d'un naturel timide et doux, mais ce matin, je me suis métamorphosé en monstre, en bête violente. En y repensant, je crois que j'aurais pu tuer. »

Il gardait les yeux au sol, prêt à supporter un long interrogatoire, une reconstitution, une garde à vue prolongée, mais le Policier prit immédiatement un ton débonnaire :

« Allons donc, vous aimez vous faire du mal ! Tuer ! Comme vous y allez ! Mon métier me l'a appris, tuer n'est pas simple. Ce n'est pas à la portée du premier venu. Sans vouloir vous blesser, vous n'avez pas l'étoffe d'un assassin. Ce n'est pas pour rien qu'on vous a désigné pour être l'Enquêteur. On ne vous a pas jugé apte à être le Tueur. Restez dans votre fonction. Quant à votre chambre, ne vous tracassez pas ! On me l'a montrée tandis que vous déjeuniez. Il est vrai que vous n'y êtes pas allé de main morte, et vous avez bien fait ! Elle était indigne de vous. Le responsable est celui qui a osé vous loger là. On ne va pas vous chicaner pour un peu de remue-ménage ! Affaire classée ! De toute façon, j'ai déjà fait le rapport, et le Coupable trinquera, je peux vous le garantir !

– Mais qui est le Coupable ?

– J'en fais mon affaire. Je trouverai. Et si je ne le trouve pas, je l'inventerai. Je suis redoutable dans ma partie. Je vous interdis de vous préoccuper une seule seconde de plus de cela : vous avez une mission bien plus importante à mener. Vous êtes l'Enquêteur. »

Ils étaient arrivés tous deux devant le Poste de Garde. Le Policier avait tenu à l'accompagner jusque-là. Il actionna lui-même la sonnette et parla au Garde – le même que la veille au matin ? En tout cas, il était physiquement identique – en lui recommandant de bien traiter l'Enquêteur.

« C'est un ami », précisa le Policier.

L'amitié est une chose rare que n'avait jamais expérimentée l'Enquêteur. Beaucoup d'êtres humains traversent l'existence sans jamais éprouver ce sentiment, comme d'autres aussi passent à côté de l'amour, alors qu'il leur est fréquent, banal et quotidien d'éprouver de l'indifférence, de la colère, de la haine, d'être animé par l'envie, la jalousie, l'esprit de vengeance.

Le Policier pensait-il ce qu'il disait ou n'était-ce là qu'une simple formule ? se demanda l'Enquêteur. Il se tenait toujours devant le Poste de Garde, caressant dans sa main droite le nouveau tube de comprimés jaune et bleu que venait de lui donner, en le quittant, son ami quand la blouse à pois disparut dans la Foule, et avec elle celui qui la portait.

Le Garde attendait en souriant derrière la paroi vitrée. L'Enquêteur se tourna vers lui, désigna d'un signe de tête la direction dans laquelle était parti le Policier, et s'entendit dire :

« C'est un ami. »

L'Enquêteur, en prononçant ces mots, avait senti naître dans son ventre une onde agréable qui monta peu à peu vers son cœur, ses poumons, puis son âme.

« Je suis désolé, mais je n'ai toujours pas récupéré mes papiers d'identité, poursuivit-il.

– Aucun problème, lui répondit le Garde, vous êtes l'ami du Policier. J'appelle le Guide. Voulez-vous bien, s'il vous plaît, vous diriger vers l'entrée ? »

« Décidément, se dit l'Enquêteur, tout va pour le mieux ce matin : le soleil remplit sa fonction de soleil. Il fait bon. Le comportement de mes interlocuteurs est rigoureusement normal. J'entends même des oiseaux chanter. Le monde est à sa place et tourne comme il faut. »

Moins d'une heure plus tôt, l'Enquêteur engloutissait des kilos de nourriture sous le regard d'êtres affamés, apeurés, exilés et qu'on s'apprêtait à renvoyer vers leurs malheurs, puis il vomissait brutalement le tout, étreint par un violent sentiment de culpabilité et de honte qu'il ne parvenait ni à maîtriser ni à faire taire. Il avait été tellement faible et désorienté qu'il avait même mis en doute l'existence de l'univers dans lequel il se mouvait, et l'épaisseur des êtres qu'il croisait, mais il avait suffi d'une rue traversée sans difficulté, d'un mot aimable prononcé par un homme, le Policier, qu'il ne connaissait pour ainsi dire presque pas, du sourire d'un employé séparé de lui par une paroi en verre, d'un rayon de lumière et d'un air de printemps pour qu'il oublie la souffrance des autres, son désarroi, sa fièvre, sa douleur au front, sa solitude, son

Enquête et même sa faim. L'Enquêteur expérimentait l'oubli, qui permet à bien des hommes de ne pas mourir trop vite.

Le Vigile venait à sa rencontre. Et à n'en pas douter, c'était bien le même que la veille. La bonne humeur de l'Enquêteur en prit un coup. Le souvenir de l'arrogante indifférence de cette créature musculeuse ternit subitement la lumière de ce début de journée.

« La nuit a été bonne ? Bien dormi ? »

Le Vigile le dominait toujours de deux têtes. Il était toujours vêtu de sa combinaison paramilitaire parfaitement repassée, les mêmes ustensiles de communication, d'attaque et de défense pendaient toujours à sa ceinture, mais il regardait l'Enquêteur avec bienveillance, la bouche ouverte sur un sourire d'une blancheur quasiment surnaturelle.

« J'ai dû vous paraître un peu dur hier, mais que voulez-vous, c'est ma fonction. La vôtre est d'enquêter, la mienne est d'être aux aguets, et on ne peut pas être sérieusement pris pour un être vigilant si on n'arbore pas un visage rébarbatif ainsi qu'une panoplie de breloques – il désigna de ses larges mains tout ce qui pendait à sa ceinture – au reste fort inutiles. Je passe mon temps de service à faire taire mes sentiments, à les masquer, à les tuer dans l'œuf, alors qu'hier par exemple, je n'avais qu'une envie : vous serrer dans mes bras.

– Me... serrer dans vos bras... ? balbutia l'Enquêteur.

– Vous ne vous êtes douté de rien, n'est-ce pas ? Je suis sans me vanter un bon comédien. J'y ai pensé toute la nuit. Je m'en voulais de ne pas l'avoir fait. Les regrets, c'est terrible. Ma vie est encombrée de regrets, et j'ai de plus en plus de difficultés à vivre avec. Je vois bien dans le regard des autres qui je suis pour eux. Un uniforme, une sorte de brute exerçant un métier de brute. On me regarde comme si j'étais un animal, un tas de muscles, une bête sans cerveau. Mais j'ai un cerveau et surtout, j'ai un cœur. Un cœur qui bat, qui a besoin d'amour. Savez-vous que le soir, lorsque j'enlève cet uniforme et ces pendeloques, que je me retrouve seul et nu, je pleure ? Comme un enfant puni ou abandonné. Lorsque je vous ai vu hier, j'ai senti que vous pouviez me comprendre. J'ai senti que vous étiez comme moi, que nous étions semblables. Je ne me suis pas trompé ? »

L'Enquêteur était abasourdi.

« Dites-moi, je ne me suis pas trompé ? » reprit le Vigile, suppliant.

L'Enquêteur fit un signe vague qui pouvait passer pour un encouragement.

« J'en étais sûr. Hier soir, je me suis juré que si l'occasion se présentait de nouveau, je ne me fabriquerais pas un regret supplémentaire. C'est pourquoi, si vous n'y voyez pas d'inconvénient, j'adorerais vous serrer dans mes bras, là, tout de suite. Ce n'est pas tous les jours qu'on a la chance de rencontrer un enquêteur, qui plus est l'Enquêteur, quelqu'un qui a le premier rôle, alors que moi, je suis un sans-grade, une silhouette qu'on appelle au dernier moment et qu'on oublie très vite, un être secondaire. C'est mon destin. Je m'y suis fait. Je l'accepte. »

« Au fond, se dit l'Enquêteur, c'était peut-être là une autre forme de torture. L'extrême gentillesse, l'amabilité outrée, non motivée, ridiculement hyperbolique, rejoignaient la brutalité, les mauvais traitements, l'indifférence, les chicaneries, l'absurde. Je suis une fois de plus soumis à un examen, pensa-t-il. On se moque de moi. On m'étudie. Je ne suis qu'un jouet dont on tente de vérifier la performance avant sa mise en service sur le marché. C'est certain, on me regarde de quelque part. Qui donc ? Le Chef de Service ? Son Chef à lui ? Le Chef du Chef du Chef de Service ? Le Responsable ? Le Guide qui est aussi le Veilleur ? Le Policier qui se prétend mon ami ? La Géante qui a la mainmise sur l'Hôtel ? Dieu ? Quelqu'un de plus important que Dieu ? On note toutes mes réactions. Je suis sans doute en plein protocole de validation, au beau milieu d'un tortueux processus de qualité, surveillé par toute une équipe d'hommes en blanc, des Scientifiques, des Censeurs, des Juges, des Arbitres, et je ne le sais même pas. Je suis censé être l'Enquêteur, mais ne suis-je pas moi-même au centre d'une autre Enquête, qui me dépasse considérablement et dont les enjeux sont bien plus cruciaux que celle que j'ai à mener ? »

« Alors ? demanda le Vigile, extatique.

– Alors quoi ?

– Puis-je vous serrer dans mes bras ? »

Ce fut une étrange scène en vérité, que personne ne vit d'ailleurs. L'immense Vigile au front de Minotaure happant contre lui le faible Enquêteur, l'enroulant dans ses bras immenses, le tenant contre lui un long moment, l'étouffant presque, comme dans une tentative désespérée d'éprouver le caractère vivant d'un individu, son homologie, l'appartenance à la même espèce, la certitude d'être enchaîné au même banc de la même galère.

C'est le grésillement de l'oreillette du Vigile qui mit fin à l'étreinte. Comme rappelé à l'ordre, il cessa subitement de serrer l'Enquêteur et fit deux pas en arrière, le visage redevenu dur et grave. Il écouta. Et l'Enquêteur, qui avait été à deux doigts de périr étouffé, put enfin reprendre son souffle.

On parlait au Vigile, longuement. On lui expliquait quelque chose. De temps en temps, il répondait, toujours de la même façon, répétant le mot « affirmatif », ou l'expression « reçu cinq sur cinq », jouant alternativement de l'une et de l'autre comme un jongleur le fait avec des balles ou des quilles.

Il dominait l'Enquêteur et l'Enquêteur se dit que c'était le seul de ses interlocuteurs qui était aussi grand, massif, jeune, le cheveu dru, les autres répondant au même type physique – plutôt petit, plutôt chauve, plutôt d'âge moyen – qui était d'ailleurs aussi le sien. Cette constatation ne lui servit à rien. Les hommes pensent souvent des choses dont ils ne voient pas l'utilité immédiate et dont beaucoup d'entre elles d'ailleurs se révèlent ne jamais en avoir. Mais penser parfois équivaut à faire tourner à vide une machine à laver le linge : si l'exercice est utile pour vérifier son fonctionnement, le linge sale resté en dehors de la machine le demeure malgré tout éternellement.

# XXXIII

L'Enquêteur suivait la ligne verte. Il faisait ce que lui avait dit de faire le Vigile, et le Vigile lui avait dit de faire ce qu'on lui avait dit de dire. Tout était clair ainsi. Quelqu'un avait pris une décision, et cette décision était en œuvre, comme en témoignait le parcours scrupuleux de l'Enquêteur ne s'éloignant jamais de la ligne verte, prenant un soin précis à poser ses deux pieds sur le ruban parfaitement matérialisé sur le sol par un homme à qui jadis on avait donné pour mission de peindre ce ruban de couleur, et qui l'avait fait, sans chercher à comprendre pourquoi on lui avait ordonné de faire cela ni à quoi cela servirait.

L'Enquêteur avançait. Vers où, il ne le savait pas, mais cela ne le préoccupait pas. Il avait avalé d'un coup tous les comprimés du nouveau tube offert par son ami le Policier et il les mâchait avec plaisir, goûtant leur amertume et leur subtil parfum de plantes médicinales.

Il songeait avec bienveillance au Policier, au Vigile, au Guide aussi à propos duquel le Vigile lui avait appris – là encore on lui avait dit de le lui dire – qu'il était victime d'un Empêchement de niveau 6 et qu'il ne pourrait pas l'accueillir ce matin. Lorsque l'Enquêteur avait demandé au Vigile ce qu'était un Empêchement de niveau 6, ce dernier lui avait répondu qu'il n'en savait rien du tout, et qu'il ne rentrait pas dans le cadre de sa fonction de connaître cet élément, sa mission se limitant à veiller à ce qu'aucun visiteur non autorisé ne pénètre dans l'enceinte de l'Entreprise. L'ordre n'existe pas sans le concept de société. On pense souvent l'inverse mais on se trompe. L'homme a créé l'ordre alors qu'on n'exigeait rien de lui. Il s'est cru malin. Grand mal lui a pris.

Ne marchant pas très vite, l'Enquêteur se laissait envahir par d'étranges analyses théoriques. Il se fit aussi dépasser par un groupe de 37 personnes – 11 femmes et 26 hommes – d'origine asiatique, casquées et portant la blouse blanche ainsi que le badge Élément Extérieur qui, elles, suivaient à une allure rapide la ligne rouge. Il les envia. Non pas de suivre la ligne rouge, mais de porter le casque et la blouse. Cela lui manquait. La blouse lui aurait au moins permis de cacher le jogging vert pomme et l'imperméable recousu, et le casque lui aurait donné un air sérieux, professionnel, qu'il pensait ne plus avoir. Mais le Vigile n'avait rien pu pour lui sur ce plan : il n'avait en sa possession ni blouse ni casque. C'était aux Guides de les fournir aux Éléments Extérieurs.

Le groupe asiatique n'était plus qu'un souvenir à l'horizon. L'Enquêteur continuait à suivre la ligne verte. Il appréciait d'avoir un but. Son rhume s'était atténué, même si son nez écarlate et gonflé, un véritable appendice de clown, demeurait douloureux, comme étaient également douloureux son pied bouilli qui frottait dans la botte, et la plaie sur son front qui commençait à se refermer grâce à une sorte de croûte brunâtre dont le dessin rappelait une crosse d'évêque ou la queue d'un scorpion.

L'Enquêteur avait pris l'allure d'un flâneur. Il n'eût pas dépareillé dans le paysage d'un dimanche matin d'octobre, sur les berges d'un canal enrubanné d'un brouillard lumineux dont les parties les plus denses, compactes comme de l'étoupe, s'accrocheraient aux branches blondes de vieux peupliers.

Mais son allure tranquille était trompeuse : en vérité, l'Enquêteur ne perdait rien de ce qu'il voyait autour de lui. Il avait le sentiment que sa vue était devenue plus acérée, et que tous ses sens se trouvaient davantage en éveil. L'imminence du début de son Enquête agissait comme un produit dopant. Son corps de proportions modestes, aux muscles déficients, à la mollesse consommée, paraissait revigoré par une énergie nouvelle. Il entrait dans l'action. Il redevenait lui-même.

Mentalement, il consigna tous les bâtiments près desquels il passait. Avec une finesse dans les détails et une remarquable envergure quant au plan d'ensemble, il parvint à reconstituer dans son cerveau une modélisation en trois dimensions de la partie de l'Entreprise qu'il traversait. Il n'était pas sûr que cet exercice se révélât être dans le futur de l'Enquêteur d'une grande utilité, mais il prouvait au moins sa capacité à se dégager des contingences directes et matérielles pour concevoir la schématisation de structures physiques utilisant des matériaux divers, briques – molybdène, aciers doux, revêtements photovoltaïques –, construites à des époques variées.

Que lui arrivait-il ? Pourquoi toutes ces pensées ? Aucune ne lui ressemblait. Quelle bouche parlait dans son crâne ? Il s'arrêta. Il était en nage. Il se souvint de la Comptable du Bureau. Il se rappela l'avoir entendue parler une fois à une Secrétaire de voix qu'elle entendait par moments, des voix qui lui disaient de faire telle ou telle chose, porter des escarpins vernis le vendredi, manger du poulet trois fois par semaine, traverser en courant le jardin public en fredonnant un air à la mode, s'appuyer à son balcon et montrer sa poitrine nue au vieux voisin d'en face. L'Enquêteur, caché derrière la machine à café, avait écouté cela et en avait été sidéré.

Se pourrait-il que lui aussi soit la victime de voix particulières ? Il eut beau prêter l'oreille, il n'entendit rien, sinon le bourdonnement de l'Entreprise, cette sorte de musique monocorde comme le son d'un transformateur électrique. Pourtant, toutes ces pensées dont il ne pouvait se défaire, ce vocabulaire qui l'envahissait par flots et vagues successifs n'étaient pas les siens. Et si quelqu'un – quelque chose ? – commençait insidieusement à venir habiter en lui, s'immisçant dans son cerveau, son corps, ses gestes et ses paroles, comment, dans ces conditions, redevenir soi-même ainsi qu'il l'avait cru quelques minutes plus tôt ?

L'Enquêteur s'obligea à cesser de penser. Il arrêta aussi de regarder autour de lui. Il accéléra peu à peu son allure et fixa la ligne verte comme si elle était le gage de son salut. Il se mit presque à courir, les yeux fixés sur le ruban, le ruban qui figurait le fil de sa vie et de son destin, le ruban qu'il voyait comme un outil de sauvegarde. Il accéléra encore, son cœur s'affola dans sa poitrine, son souffle se raccourcit, la sueur coula sur son front, dans son dos, entre ses omoplates, sous ses aisselles, sur sa nuque. Il accéléra encore et encore, courut à perdre haleine, courut comme si sa survie en dépendait, son regard épousa la ligne verte, la ligne verte remplaça toute pensée, la ligne verte aspira sa matière grise, la malaxa, la fit changer de couleur, lui donna des tonalités céladon, jade, émeraude, olive, vert sapin.

Le choc fut d'une extrême violence. L'Enquêteur, tête baissée, lancé à plein régime, galvanisé par les comprimés de son ami le Policier, venait de percuter radicalement et sans aucune ultime tentative de freinage un mur de gros parpaings au pied duquel la ligne verte terminait son tracé. Il était dorénavant allongé par terre, inconscient. Le corps relâché. Son activité cérébrale en pause. Un œuf de pigeon apparaissait sur son front, à l'endroit même de sa balafre qui s'était rouverte et de laquelle s'écoulait un filet de sang sombre.

La température commençait à chuter et le ciel s'était couvert. De lourds nuages, pesant comme des barges, semblaient s'y donner rendez-vous : il en affluait de toutes parts poussés par des vents agacés. Ils ne furent pas longs à s'entrechoquer, à se percuter, à s'éventrer et les premières gouttes de pluie glacée tombèrent sur l'Enquêteur, toujours évanoui, qui ne les sentit même pas.

# XXXIV

Oui, là, pour cette fois, l'Enquêteur ne se trompa pas : pendant quelques heures, il fut occupé par le rêve. Un rêve véritable, c'est-à-dire une construction de l'esprit lorsque celui-ci est en repos, lorsqu'il est sans emploi, lorsque, paresseux, chômeur, il n'en recherche aucun, se lovant dans son oisiveté et refusant toutes les offres d'activité qu'on lui propose. Le rêve vrai dont, la plupart du temps, l'ineptie même témoigne de façon parabolique des conséquences néfastes de l'absence de travail chez tout individu.

L'Enquêteur passait en revue les Suicidés de l'Entreprise. On les lui avait amenés dans une pièce, et on les avait disposés par terre, allongés les uns contre les autres : 22 corps plus une urne, l'un d'entre eux ayant été incinéré.

Les Suicidés portaient encore les stigmates de leur geste dernier. 7 avaient la corde au cou et tiraient la langue. 6 présentaient une tempe explosée d'un coup de revolver. 1 avait la gorge tranchée, pour 3 autres, c'étaient les veines du poignet, 2 étaient carbonisés suite à leur immolation, 1, le visage totalement cyanosé, gardait sa tête enveloppée dans le sac plastique qui lui avait permis de s'étouffer et 2 dégoulinaient encore de l'eau de la rivière dans laquelle ils s'étaient noyés.

Tous étaient résolument morts, cela ne faisait aucun doute, et pourtant chacun suivait du regard l'Enquêteur qui marchait de long en large devant eux et les étudiait avec minutie et professionnalisme. Cette vision qui aurait pu l'effrayer ne l'inquiéta pas le moins du monde. De même qu'il trouva tout à fait normal que les Suicidés répondent à toutes les questions qu'il leur posa sur le protocole de leur suicide, leurs motivations, si leur réussite avait été précédée d'une ou plusieurs tentatives, le pourquoi de l'échec de ces tentatives. Arrivé à ce point, l'Enquêteur avait un peu négligé l'urne, mais lorsqu'il demanda qui était mort à cause du gaz, ce fut elle qui lui répondit, et le fait qu'une urne se mît à parler ne lui parut pas du tout saugrenu.

« C'est moi, Monsieur.

– Appelez-moi Monsieur l'Enquêteur, s'il vous plaît.

– Bien, Monsieur l'Enquêteur.

« – C'est donc vous, le gaz ?

– Oui.

– Une question se pose : était-ce un accident ou un suicide ?

– Un peu des deux, Monsieur l'Enquêteur.

– Comment cela ? C'est impossible. »

L'urne parut hésiter puis reprit :

« J'avais l'intention de me suicider. Ma décision était prise. Mais je voulais me défenestrer. Je n'en ai pas eu le temps. L'explosion a eu lieu juste avant que je saute.

– Chez vous ?

– Chez moi, je m'étais fait du café pour me donner du courage. J'ai dû arrêter la flamme mais oublier de fermer le bouton. J'ai hésité longuement à sauter le pas, si je puis me permettre cette expression. Le gaz s'est échappé. Je n'ai rien senti, j'ai toujours le nez bouché, étant sujet à de nombreuses allergies, notamment aux pollens de noisetier et de bouleau, aux acariens, ainsi qu'aux poils de chat, allergies qui, depuis mon adolescence, m'ont empoisonné l'existence. Je me vois monter sur le rebord de la fenêtre, actionner l'espagnolette, et puis boum, plus rien.

– Boum ?

– Oui. Boum, Monsieur l'Enquêteur. Un grand boum. C'est le dernier souvenir que j'emporte du monde des vivants. »

L'Enquêteur réfléchit quelques instants, observa longuement l'urne, et se rendit compte que tous les autres Suicidés suivaient avec attention la conversation, attendant sans doute la conclusion de l'Enquêteur.

« Bon. Cela ne fait aucune différence puisque vous vouliez vous suicider et que vous êtes mort.

– Si je n'abuse pas trop de votre temps, et si je puis me permettre, je ne suis pas tout à fait d'accord avec vous, Monsieur l'Enquêteur, hésita l'urne. Certes je suis mort, mais pas du tout comme je le voulais. Et je vous ferai remarquer que je suis mort quelques secondes avant de pouvoir me suicider. Ce n'est donc pas réellement un suicide.

– Mais vous êtes tout de même tombé par la fenêtre ? »

L'Enquêteur, devant l'embarras de l'urne à lui répondre, se dit qu'il venait de marquer un point.

« Oui... C'est indéniable, mais... de quoi suis-je mort en vérité ? De ma chute ? D'un arrêt cardiaque consécutif à la terreur provoquée par l'explosion, ou bien de l'explosion elle-même, qui m'aurait déchiré les poumons et tous les organes, entraînant une mort quasi instantanée, et en tout cas antérieure au moment où mon crâne a touché le sol ?

– J'attends que vous me le disiez ! Qu'apparaissait-il sur le rapport d'autopsie ?

– Il n'y en a pas eu. Ma femme m'a fait incinérer avant même que la Police ou l'Entreprise ait eu le temps de l'exiger. »

L'Enquêteur était abasourdi. Ainsi, pour ce cas, il était impossible de déterminer s'il s'agissait d'un suicide ou d'un accident. Le tableau statistique qu'il voulait joindre à son Enquête ne prévoyait pas un tel cas de figure. L'incertitude n'est pas tolérable dans le domaine de la statistique. Le sérieux de son travail allait s'en trouver décrédibilisé, et lui-même, en conséquence, fortement fragilisé.

L'urne se taisait. On la sentait elle-même gênée d'avoir mis ainsi l'Enquêteur dans l'embarras. Les Suicidés regardaient ailleurs. Tous percevaient le malaise grandissant dont était victime l'Enquêteur. Le moment s'éternisait, semblait ne jamais vouloir prendre fin.

Une douleur insupportable l'en délivra.

« Ne bougez pas ! Je vais faire doucement. »

Une femme était penchée sur lui. Une femme qu'il n'avait jamais vue mais dont les traits lui étaient familiers : le visage rond, sans âge, le cheveu fin. Elle portait une blouse blanche. C'était selon toute vraisemblance une infirmière ou un médecin.

« Que m'est-il arrivé ? » demanda l'Enquêteur, tiré de son rêve avec brutalité et dont les moindres parties du crâne concentraient la douleur en des taux rarement atteints.

« Vous avez percuté le mur, c'est assez classique quand on est distrait. La plupart s'en tirent avec une bosse, mais vous deviez courir comme un dératé, je présume, pour vous être mis dans cet état. On vous a ramassé totalement inanimé. Vous avez eu tout de même plus de chance que le Coréen.

– Quel Coréen ?

– Il y a deux mois. Mais il devait aller encore plus vite que vous, ces gens-là mettent beaucoup d'énergie dans ce qu'ils font. C'est ce qui fait leur force économique. Le résultat a été un Empêchement de niveau 7.

– C'est-à-dire ?

– La mort, reprit distraitement la femme, tout en injectant un produit dans le bras de l'Enquêteur.

– Je n'ai fait que suivre la ligne…, murmura-t-il comme pour lui-même, pensant au Coréen sans visage, se disant qu'il venait d'échapper de peu au même sort.

– Le problème, reprit la femme, c'est que tout le monde suit cette ligne sans discernement. Lorsqu'on lève les yeux, on voit pourtant bien qu'elle va droit dans le mur. C'est le résultat d'une erreur de tracé, ou d'une discrète tentative de sabotage, on ne saura jamais : l'Employé qui l'a peinte jadis a mal compris les ordres, ou bien a voulu mal les comprendre, et plutôt que de la faire obliquer sur la droite de façon à ce qu'elle conduise les personnes jusqu'à mon cabinet, il l'a fait aller dans le mur, et l'a même continuée sur le mur, en tout cas sur deux mètres, le plus haut

210

point atteint par son pinceau, et il l'a terminée par une flèche qui désigne les nuages. Votre cas, comme celui du Coréen, est extrême, mais dites-vous bien que j'ai vu certains individus, près du mur, n'osant pas s'éloigner de la ligne, essayer d'escalader ce mur de cinq mètres, sans prises et qui se termine par des barbelés, jusqu'à se déchirer la peau des doigts et se briser les ongles, et pour aller où ? Au ciel ? Vous comprenez le conditionnement qui peut être celui des hommes dans certaines circonstances, lorsqu'ils doivent obéir à des consignes, des conseils ou des directives. »

Tout ce raisonnement était encore un peu compliqué pour l'Enquêteur qui, sentant sa tête si meurtrie, s'était raccroché à quelques éléments – la ligne contre le mur, la mort du Coréen, l'Empêchement de niveau 7 – et pas à d'autres, trop abscons pour lui à ce moment.

« À quel niveau évalueriez-vous mon Empêchement ? »

La femme le regarda, palpa son front, ce qui le fit hurler de douleur, prit son pouls, ausculta le blanc de ses yeux.

« Notre échelle d'évaluation des Empêchements va du niveau 1 qui consiste à s'absenter deux minutes de son travail pour aller aux toilettes, jusqu'au niveau 7 qui signe l'arrêt irréversible des fonctions vitales d'un individu. À première vue, et sans que cela évidemment ne puisse être utilisé pour une procédure de recours devant une compagnie d'assurances ou devant des tribunaux dans le cadre d'une action judiciaire lancée contre l'Entreprise, je dirais que vous faites l'objet d'un Empêchement de niveau 3, mais cela, je le répète, n'est pas un véritable diagnostic, certaines fractures du crâne, par exemple, sont indétectables lors d'un examen superficiel mais cela ne les empêche pas quelques heures plus tard de provoquer une mort rapide. »

L'Enquêteur pensa alors au Guide, dont le Vigile lui avait dit qu'il était victime d'un Empêchement de niveau 6. Il ne put s'empêcher de demander à cette femme à quoi correspondait ce niveau 6.

« Arrêt des fonctions cérébrales. »

L'Enquêteur se mit à trembler. Sa gorge se noua. Qu'avait-il donc bien pu arriver au Guide ?

« Merci Docteur…, gémit-il.

– N'y voyez pas un reproche sur votre méprise, mais je ne suis pas docteur, je suis psychologue », répondit la femme en lui souriant, et dans ce sourire, c'est comme s'il avait contemplé son reflet dans un miroir, un reflet avec un peu de rouge à lèvres, un léger fard à paupières et quelques cheveux en plus.

Le Psychologue se leva.

« Je pense que vous êtes désormais en état de me suivre. Nous allons passer dans mon bureau. »

# XXXV

L'Enquêteur se laissa prendre par le bras et guider comme un enfant malade. Ils sortirent de cette pièce qui pouvait s'apparenter à une infirmerie. En marchant, il constata qu'il ne portait plus son imperméable, ni son pantalon de jogging, mais une simple tunique de patient hospitalisé, d'une teinte saumon, d'une matière légère et agréable – une cotonnade peut-être ou une indienne, sans doute pas de la soie, on n'avait jamais vu utiliser un tissu aussi précieux pour fabriquer ce type de vêtement, mais l'impression sur la peau était pourtant bien celle que laisse la soie, chaude et éthérée – et qui s'arrêtait à mi-cuisse. Il eut la gênante sensation d'être totalement nu en dessous mais n'osa pas vérifier.

Ils cheminèrent avec précaution dans un couloir blanc, sol, murs, plafond, revêtu semblait-il d'un capiton de mousse, ce qui effaçait le bruit de leur progression et rendait la marche tout à la fois délicate et moelleuse. Au bout d'une centaine de mètres, le Psychologue ouvrit une porte sur sa gauche. Il installa l'Enquêteur sur une chaise pivotante et saisit quant à lui un tabouret à roulettes, d'assise assez haute, métallique, en forme de siège de tracteur, de ceux que les coiffeuses utilisent pour tourner autour de leurs clients, et vint au plus près de l'Enquêteur.

La décoration du bureau n'avait aucun intérêt, en tout cas pas suffisamment pour qu'on s'y attarde et la décrive, mais un élément tout de même sauta aux yeux de l'Enquêteur, c'était l'immense portrait du Vieillard – visage, vêtements et pose identiques aux photographies du porte-clés, de la chambre d'hôtel, du bureau du Responsable. Sans qu'il comprît pourquoi, il en conçut de la terreur et cela n'échappa pas au Psychologue.

« Pourquoi regardez-vous ce mur ? »

L'Enquêteur, paniqué, ne parvenait pas à se détacher du sourire du Vieillard, de ses paupières qui tombaient selon des courbes identiques à celles de sa moustache, de la lumière – moqueuse ? rieuse ? bienveillante ? effroyable ? – qui brûlait dans ses yeux, de ses mains tavelées, ridées, striées de fissures, à elles seules un concentré de grand âge, de son vêtement qu'on avait envie de caresser, contre lequel on aurait pu chercher à se blottir, à s'endormir afin de se faire pardonner ses erreurs, ses mensonges, ses menus et grands péchés.

« Cet homme, là...

– Un homme ? Parlez-moi de lui..., reprit le Psychologue, qui venait lui aussi de regarder le mur.

– Pardon ?

– Vous parliez d'un homme, qui est-il ?

– Je ne sais pas... Je ne sais pas... J'ai un doute.

– Si cela peut vous rassurer, nous en avons tous.

– C'est le Fondateur ? » hasarda l'Enquêteur.

Le Psychologue fit rouler son tabouret, se déplaçant de côté à la manière d'un crabe, pour se placer face à l'Enquêteur.

« Le Fondateur ? reprit-il, perplexe.

– Oui. Le Fondateur ? »

Le Psychologue parut hésiter, se prépara à dire quelque chose, se ravisa, puis haussa les épaules.

« Si vous voulez ! Bien, maintenant j'aimerais, si vous êtes d'accord, que nous en venions à vous. Qu'est-ce qui vous amène ? »

L'Enquêteur aurait volontiers croqué un ou deux comprimés jaune et bleu de son ami le Policier, mais le tube, tout comme son téléphone déchargé, était resté dans son imperméable et de toute façon il était vide. Où donc d'ailleurs étaient ses vêtements ? Il les regrettait assez peu, la tunique qu'il portait étant bien plus agréable et somme toute très pratique, seyante, mince et souple comme une seconde peau.

Oubliant son mal de tête et rassemblant ses idées, il entreprit alors de faire un résumé de sa situation au Psychologue, revint sur son arrivée dans la Ville, insista à plusieurs reprises sur son statut et sur sa mission, raconta l'errance dans les rues, le sentiment d'être perdu, manipulé, l'étrangeté de l'Hôtel, les traitements qui avaient varié d'un matin à l'autre, le comportement hostile puis amical du Policier, celui de la Géante, parla des rues désertes le soir, du sentiment d'abandon, d'isolement, du gigantisme de l'Entreprise qui épousait la totalité de la Ville voire du monde visible, de la Foule qui se déversait dans la journée, partout, et qui empêchait le moindre mouvement, la plus petite initiative de déplacement personnel, à moins qu'on ne soit policier, auquel cas, la Foule devenait un troupeau de moutons qu'un coup de trique symbolique, une main levée, un œil fixe suffisait à mater, de l'hostilité des distributeurs de sandwichs, de l'Autorisation Exceptionnelle, du saut raté du Responsable par-dessus son bureau, du Guide qui était aussi le Veilleur, de la chambre 93 qu'il avait saccagée avec méthode, des Touristes, des Déplacés, de l'inconstance de la météorologie et de l'incapacité des Architectes à dessiner des marches d'escalier régulières.

« Vous avez terminé ? demanda le Psychologue.

– Oui, je crois, en tout cas, pour l'instant, je ne vois rien d'autre à ajouter. »

Il avait parlé pendant près d'une heure. Cela lui avait fait du bien. Il sentait que le Psychologue pouvait le comprendre. Celui-ci quitta son tabouret à roulettes pour s'installer derrière le bureau. Dans un tiroir, il prit une fiche cartonnée, un stylo-bille publicitaire sur lequel il sembla à l'Enquêteur reconnaître l'effigie du Vieillard, mais reproduite de façon si petite qu'il n'en aurait pas mis sa main au feu, puis griffonna trois mots qu'il ne parvint pas à lire.

« Votre nom s'il vous plaît ? » Le Psychologue gardait la tête baissée, se disant sans doute que la réponse viendrait de façon si rapide qu'il était inutile pour lui de relever la tête et de regarder son interlocuteur.

« Mon nom ?

– Oui. »

Le Psychologue avait toujours la tête baissée, le stylo prêt à écrire le nom de l'Enquêteur, la bille suspendue à deux centimètres du papier.

« Mon nom… mon nom… ? » bafouillait l'Enquêteur qui faisait un effort immense mais qu'il tentait de cacher derrière un sourire qui virait malgré lui à la grimace.

Lentement, le Psychologue releva la tête et le regarda, sans que son visage trahît la moindre émotion, la plus petite pensée qui serait allée dans un sens ou dans son sens contraire. Autrement dit, il était impossible de savoir à cet instant ce que le Psychologue pensait de l'Enquêteur, de l'hésitation de l'Enquêteur à donner son nom. Seul le fait d'avoir relevé la tête, c'est-à-dire d'avoir troqué une attitude banale contre une autre qui l'était un peu moins, qui témoignait d'une attention plus soutenue – intriguée ? –, indiquait que le temps que prenait l'Enquêteur à lui répondre signait à son avis à lui, avis revêtu de sa stature de clinicien, soutenu par son savoir et son expérience professionnelle déjà longue, il n'était plus de la première jeunesse, une imperceptible rupture avec la normalité.

Pendant ce temps, l'Enquêteur perdait pied. Il expérimentait les sables mouvants. Il avait toujours douté de leur existence. Il les avait depuis longtemps classés dans la même armoire que celle qui contenait la lampe d'Aladin, les tapis volants, les fables de Schéhérazade, le cyclope de Sinbad. Il en avait entendu parler, sans plus. Les légendes et les fables ne l'avaient jamais intéressé. Il vivait sans. Il laissait cela aux enfants. Il avait tort.

« Vous ne vous rappelez pas votre nom ? »

# XXXVI

L'Enquêteur éclata de rire. Un grand rire, long et souple, qu'il fit durer le plus possible, espérant que le Psychologue serait contaminé par cette bonne humeur un peu factice, et le rejoindrait dans cette modulation joyeuse. Mais plus le rire durait, plus il devenait par le fait artificiel, plus l'Enquêteur faisait d'efforts pour le soutenir, pour lui insuffler de nouvelles variations, et plus le visage du Psychologue se fermait, se changeait en une surface mate, éteinte, d'une froideur de rocher, impénétrable comme du granit.

Il posa son stylo sur le papier. L'Enquêteur cessa alors de rire. Il savait qu'il avait perdu. Ses pensées se mirent à courir dans sa tête, en tous sens, comme des créatures tenues captives dans une pièce circulaire et qui s'y agitent, se précipitent contre ses parois, s'y cognent, rebondissent, hurlent, se blessent, interpellent, supplient, pour qu'on les délivre ou du moins qu'on leur réponde. Il cherchait. Il cherchait son nom. Ce nom qui était écrit sur ses papiers d'identité. Un simple geste lui aurait suffi, un coup d'œil sur une petite carte de plastique où on voyait sa photographie et sous laquelle son nom était imprimé. Se pouvait-il qu'il ait oublié son propre nom ? Était-ce là une des conséquences de son accident contre le mur ? On n'oublie pas son nom ! Il avait bien dû le dire une dizaine de fois depuis qu'il était arrivé dans la Ville. Forcément ! Il réfléchissait à cela, passa en revue toutes les rencontres qu'il avait faites, elles n'étaient pas si nombreuses, et tenta de se souvenir comment il s'était adressé à ses interlocuteurs : « Je suis l'Enquêteur. » « Bonjour, je suis l'Enquêteur. » « Je me présente, je suis l'Enquêteur. » Les phrases s'enchaînaient, identiques ou presque. L'Enquêteur se souvenait qu'il se définissait toujours comme étant l'Enquêteur, ce qu'il était bien au demeurant. Mais pas de nom. Aucun nom. Jamais.

« Je suis l'Enquêteur », finit-il par dire au Psychologue, en soulevant ses épaules et en les laissant retomber aussitôt, s'excusant par là de cette évidence qu'il formulait.

Le Psychologue se leva et revint s'asseoir sur le tabouret mobile. Il le fit glisser pour être au plus près de l'Enquêteur. La dureté de son visage s'amollit. Il reprit d'une voix souple :

« Avez-vous conscience que vous ne parlez

que par fonction depuis le début de notre entretien ? Vous êtes l'Enquêteur, vous évoquez le Policier, le Guide, le Veilleur, le Serveur, le Garde, le Responsable, le Vigile, le Fondateur. Vous n'employez jamais de noms propres, ni pour vous ni pour les autres. Parfois vous vous affublez d'un chiffre, vous êtes la 14, vous êtes la 93, mais cela revient au même. Répondez à cette simple question : qui suis-je pour vous ?

– Vous êtes le Psychologue. Vous me l'avez dit.

– Non. Je vous ai dit que j'étais psychologue, je ne vous ai pas dit que j'étais *le* Psychologue. D'ailleurs, vous l'avez peut-être remarqué, mais je suis une femme, et vous m'appelez *le* Psychologue, ce qui confirme mon analyse. Vous déniez toute humanité, en vous et autour de vous. Vous regardez les hommes et le monde comme un système impersonnel et asexué de fonctions, de rouages, un grand mécanisme sans intelligence dans lequel ces fonctions et ces rouages interviennent et interagissent en vue de le faire fonctionner. Lorsque vous évoquez un collectif, il est vague et sans limites, vous citez l'Entreprise, la Foule, les Touristes, les Déplacés, des entités nébuleuses dont on ne sait s'il faut les prendre au sens strict ou métaphorique.

– Il y a la Géante ! lança l'Enquêteur comme si, plein d'espoir, il avait retrouvé la formule bénie du SOS alors qu'il sentait que son navire était déjà presque entièrement submergé.

– La Géante, reprit le Psychologue en souriant d'un de ces sourires donnés à ceux qui ont du mal à comprendre alors que tous les éléments sont fournis pour qu'ils puissent le faire. La Géante, c'est aussi bien la Mère, votre Mère, un point c'est tout. Ou vous auriez pu dire aussi la Femme. Là encore une fonction, et l'exagération de la fonction qui se lit dans l'utilisation du vocable Géante transcrit simplement l'écrasement que vous semblez ressentir face au féminin, le fantasme peut-être aussi de se faire dominer par lui, envelopper par lui, de revenir par une sorte d'accouchement inverse dans l'utérus majeur, premier, ancestral, afin de fuir un monde dans lequel vous peinez à conquérir votre place ou à la garder. »

La Géante, sa Mère ! Sa Mère dans l'utérus de laquelle il rêverait de revenir. Cette femme était folle ! Pour preuve, l'Enquêteur ne parvenait même pas à se souvenir du visage de sa Mère.

« C'est sans doute d'ailleurs pour cette raison que vous portez des sous-vêtements féminins ?

– Pardon ? »

Le Psychologue fit rouler son tabouret jusqu'à un petit meuble dont il ouvrit un tiroir, plongea la main et en sortit la culotte rose bordée de dentelle noire qu'il agita en l'air pendant quelques secondes, avant de la laisser tomber dans le tiroir qu'il referma d'une pichenette.

« Je peux tout vous expliquer..., balbutia l'Enquêteur humilié.

– Mais je ne sollicite de vous aucune explication. Je ne suis pas le Policier, pour reprendre votre terminologie. C'est à moi de fournir des explications, on me paie pour cela, pas à vous. Vous qui êtes si respectueux des fonctions, ne les confondez pas, s'il vous plaît, et parlez-moi plutôt de cette fameuse Enquête. Qui vous a missionné ?

– Le Chef de Service, répondit du tac au tac l'Enquêteur, bien heureux qu'on oublie la petite culotte dans son tiroir.

– Encore une fois vous me citez une fonction. Quel est son nom ?

– Je ne sais pas. Je n'en sais rien ! Entre nous, nous l'appelons toujours le Chef de Service. C'est le Chef de Service, voilà tout.

– Quand vous dites *entre nous*, vous songez à qui ?

– Eh bien, aux autres Enquêteurs !

– Vous êtes plusieurs ?

– Oui.

– Combien ?

– Mais je ne sais pas ! Cinq, six, une dizaine, des centaines, davantage, je n'en sais rien, c'est le Chef de Service qui sait. Ce n'est pas à moi de savoir !

– Et si je vous demande le nom de quelques-uns de ces autres Enquêteurs, vous me direz...

– ... que je ne les connais pas, je les croise peu,

je ne leur adresse pas la parole, je reste concentré sur mes Enquêtes. »

La conversation tournait au supplice. L'Enquêteur s'empêtrait dans ses réponses qui n'en étaient pas, en avait conscience, ce qui avait pour effet de le fragiliser plus encore, et, par-dessus le marché, il voyait l'œil du Psychologue se modifier, il y lisait la progressive métamorphose qui se faisait dans l'esprit du professionnel : celui-ci cessait peu à peu de le considérer comme un être assez proche de sa propre personne, évoluant dans une forme relative de normalité, sujet sans doute à quelques perversions et travers, mais somme toute socialement et humainement acceptables, et il commençait à l'appréhender dans toute sa différence qui peu à peu se faisait jour, différence évidemment pathologique, monstrueuse, cas d'espèce dont l'étude allait se révéler sinon passionnante du moins tout à fait originale.

« Et cette Enquête, justement, son objet était… ? reprit le Psychologue en laissant sa phrase voler dans l'air et demeurer suspendue.

– Les Suicides.

– Les Suicides ?

– Oui, l'épidémie de Suicides qui frappe l'Entreprise depuis quelques mois.

– Je ne suis pas au courant, et si quelqu'un devrait être au courant en pareil cas, ce serait bien moi. Vous avez des preuves de ce que vous avancez ?

– Mon Chef de Service n'a pas l'habitude de plaisanter, il a horreur de perdre son temps et de le faire perdre à ses subalternes. Je suppose que, s'il m'a envoyé dans cette ville, au sein de l'Entreprise pour enquêter sur la vague de Suicides, c'est que cette vague existe. Et puis d'ailleurs, même si je pense que cela va vous faire sourire, mais au point où j'en suis, je n'ai plus à rien à perdre, en tout cas pas la face, j'ai rencontré les Suicidés en rêve, et j'ai pu leur parler, juste après avoir percuté le mur. Et je peux vous affirmer que ce rêve était bien plus réel et bien plus parlant que la plupart des faits prétendument réels qui me sont arrivés dans cette parodie de réalité depuis que je suis descendu du train ! »

Le Psychologue respira profondément, sourit, leva les bras au ciel, les laissa retomber sur ses cuisses.

« Évidemment ! »

Il posa sa main droite sur l'épaule de l'Enquêteur, caressant un peu cette épaule affaissée, molle, qu'on aurait crue sans os pour la soutenir, constituée uniquement de graisse et de muscles anéantis, et qui faisait partie d'un corps malmené qui n'avait rien mangé depuis trois jours.

« Vous m'avez convaincue, dit le Psychologue. Je vais tout mettre en œuvre pour que vous puissiez mener à bien votre Enquête. »

Il revint à son bureau et rédigea un long courrier. « Une sorte de sésame qui vous ouvrira les portes », ajouta-t-il, tout en jetant de temps à autre vers l'Enquêteur des coups d'œil bienveillants.

Rassuré, celui-ci put enfin se détendre. Il songea qu'il était enfin à deux doigts de commencer pour de bon sa mission. Il se sentait confiant, et cette sensation n'était pas seulement due à ce tissu agréable dont était faite sa mince tunique sur laquelle il faisait glisser ses doigts, dans un sens puis dans un autre, dans un mouvement lent et caressant, ni même aux médicaments du Policier. Ce fragment temporaire de bonheur naissait de la conclusion à laquelle il était parvenu : on devrait toujours jouer cartes sur table, se disait-il, c'est la seule façon dans la vie d'être pris au sérieux, même si les cartes présentent parfois des figures incongrues, rois aveugles, valets borgnes, reines douteuses, qui peuvent désarçonner les plus solides d'entre nous et leur faire douter du jeu qu'ils ont en main. Mais il y a heureusement des individus qui pensent au-delà des apparences. Et l'Enquêteur, en songeant à tout cela, admirait les traits du Psychologue penché sur son bureau comme on admire celles et ceux qui nous confortent dans notre existence.

# XXXVII

Le Psychologue avait cacheté l'enveloppe, et il ne serait pas venu à l'esprit de l'Enquêteur de l'ouvrir pour lire ce qu'il y était rédigé car le nom qu'avait écrit le Psychologue sur l'enveloppe suffisait tout à la fois à le réconforter et à le lui interdire. On pouvait en effet lire, en lettres capitales tracées d'une main sûre d'elle qui ne souffrait aucune contestation et ne contenait nulle trace d'hésitation : « POUR LE FONDATEUR ».

L'Enquêteur patientait dans une sorte de salle d'attente où l'avait mené le Psychologue, l'aidant à marcher jusque-là avec beaucoup de bienveillance, comme s'il eût été très malade, alors qu'en vérité, s'il exceptait la douleur qui vrillait toujours sa tête mais qui commençait tout de même à se lasser, son état général lui paraissait plutôt satisfaisant. La faim le laissait en paix, et il n'avait même pas soif.

« Installez-vous, lui avait dit le Psychologue, je vais chercher, je vais chercher, ah comment pourrai-je les appeler pour vous être agréable... ? » Il avait hésité un instant, son index gauche sur ses lèvres, tout en regardant l'Enquêteur. « ... des Accompagnateurs ? Cela vous va-t-il, des Accompagnateurs ?

– Des Accompagnateurs ? Mais c'est parfait ! avait cru bon de répondre l'Enquêteur, le nom même d'Accompagnateur résonnant en termes rassurants dans son esprit.

– Ils vous mèneront chez le... Fondateur. Je suis persuadée qu'il sera très heureux de vous rencontrer. »

L'Enquêteur l'avait remercié, puis le Psychologue était sorti, le laissant en compagnie d'une plante verte, d'une fontaine à eau – vide – et d'une pile de revues posées sur une table basse. La pièce était violemment éclairée et ne comportait aucune fenêtre. Tout comme le bureau du Psychologue, ainsi que les couloirs dans lesquels ils avaient circulé, elle était blanche, entièrement blanche, le sol et les murs recouverts de cette matière tout à la fois onctueuse et souple qui buvait les chocs aussi bien que les sons.

L'Enquêteur ressentit soudain, en regardant le sol et les murs, la violente lumière, en se souvenant des propos du Psychologue, de la façon dont il l'avait regardé, écouté, un insidieux malaise auquel tout d'abord il ne fit pas attention. C'était comme une idée qui grattait à une porte lointaine, d'une demeure qui comportait des dizaines de pièces et des dizaines de portes. Ou, pour transcrire une autre image qui vint à l'esprit de l'Enquêteur, comme si un être, qui se tient dans sa chambre au quatrième étage d'un immeuble, a l'impression que quelqu'un vient de donner un léger coup de sonnette au portail, mais si bref, si fugace, qu'il ne sait pas trop s'il a entendu le coup de sonnette ou s'il l'a rêvé. Toujours est-il que sa perception des choses en est modifiée, et qu'il n'est plus le même que quelques secondes avant ce véritable ou hypothétique coup de sonnette, et que les actions futures qu'il va entreprendre seront, d'une façon ou d'une autre, influencées par ce qu'il a entendu ou cru entendre.

Décidément, cette Salle d'attente comportait trop de blancheur. Beaucoup trop de blancheur. Un monde de blancheur, dans lequel d'ailleurs les formes avaient tendance à disparaître ainsi que les objets, blancs eux aussi, comme la chaise sur laquelle il était assis, la table basse supportant les revues, le distributeur d'eau, le cache-pot de la plante verte, qui n'avait de verte que le nom car elle était elle-même totalement blanche, blanche de feuilles et de tiges et dont l'aspect rappelait une grande fougère décolorée. Après tout, se dit l'Enquêteur, que l'étrangeté de cette plante avait arrêté un instant, il existe bien des lapins albinos, pourquoi pas des fougères ? Et il fut emporté par cette blancheur disposée autour de lui, dans les moindres détails et dans les moindres objets de cette pièce, comme une neige pure et solidifiée produit une impression de beauté sereine, rigoureuse et simple qui a la vertu de reposer le regard et l'esprit.

L'Enquêteur ferma les yeux. Passa du blanc au noir. Il resta ainsi, paupières closes, longtemps, pour tenter de s'abstraire de la blancheur environnante dont il pressentait qu'elle pourrait l'absorber peut-être, le dissoudre, le faire disparaître, s'il se laissait aller. Il se forçait à n'y pas trop penser. Ne pas se laisser aller, justement. Être l'Enquêteur. Ne pas oublier de l'être. Le rester. Le demeurer coûte que coûte.

Il n'en était même plus à s'étonner ou à s'effarer des situations qu'il traversait depuis quelques jours. Après tout, la vie est faite de ces moments impossibles, sans justification, qu'on peine à interpréter, et qui n'ont peut-être aucun sens. Elle n'est qu'un chaos biologique qu'on tente d'organiser et de justifier. Mais lorsque, pour une raison ou une autre, l'organisation fait défaut, soit parce qu'elle s'est érodée, inappropriée, obsolète, soit parce que celui qui en a la charge a démissionné, l'homme se retrouve confronté à des événements, des émotions, des questions, des impasses et des lumières entassés les uns sur les autres comme des blocs de glace de taille hétérogène, charriés par des avalanches profondes, et déposés en une pyramide aux flancs écrasés, qui se dandine en équilibre instable sur le rebord d'un grand précipice.

L'Enquêteur rouvrit les yeux et se concentra sur ce qu'il avait dans les mains : l'enveloppe qui portait la mention « POUR LE FONDATEUR ». Voilà qui était tangible, indubitable. La force de l'objet, de l'objet palpé, existant, dont la matière était en contact avec les cellules de sa peau, les terminaisons nerveuses qui y étaient implantées et qui transmettaient en un millionième de seconde la preuve de la réalité de l'objet à la conscience de l'Enquêteur. Rien à voir avec cette histoire de sonnette actionnée ou pas ! Mais pourquoi donc pensait-il subitement à un coup de sonnette ?

Il chassa cette pensée et saisit une des revues. Sa couverture en papier glacé ne comportait ni titre ni photographie : elle était vierge et blanche. Il l'ouvrit, la feuilleta, de plus en plus nerveusement. Rien. Toutes les pages étaient également laiteuses. Il prit une deuxième revue, puis une troisième, puis une quatrième, il les feuilleta toutes. Aucune ne comportait le moindre caractère imprimé, la moindre illustration, photographie ou le plus petit dessin ! Elles étaient toutes différentes par leur format, leur épaisseur ou la qualité de leur papier, mais elles étaient aussi toutes identiques, car elles ne contenaient rien ! Ce n'était qu'un assemblage de feuilles d'une blancheur constante, uniforme, monotone. Mais le fait qui inquiéta le plus l'Enquêteur, qui le fit frissonner et l'angoissa, c'est que ces revues avaient été compulsées par des dizaines, des centaines de doigts, comme en attestaient les coins inférieurs des pages, cornés, froissés, légèrement souillés d'une patine ivoire. Elles avaient été feuilletées, ou elles avaient été lues... Si ses yeux à lui ne distinguaient rien, était-ce vraiment le cas pour tout le monde ? Se pouvait-il qu'il fût victime d'une cécité partielle ou sélective, car avait-on idée d'imprimer, de diffuser, de créer, d'imaginer des revues blanches ? Des revues qui ne contenaient rien ? Rien du tout ? Et que des gens – désœuvrés ? sans intelligence ? conditionnés ? – liraient tout de même, passant leur temps et leurs yeux sur des pages dénuées de toute information, de tout texte, de toute photographie ? Pour quel bénéfice ? Oui, dans quel but des individus pourraient consacrer du temps à lire ce qui n'existe pas ?

L'Enquêteur se sentit de nouveau fébrile, nerveux, inquiet. Il jeta par terre la dernière revue qu'il avait dans les mains et saisit l'enveloppe du Psychologue qu'il avait coincée sous sa cuisse.

« POUR LE FONDATEUR ». Il relut trois fois l'adresse. S'il la lisait, c'est qu'il parvenait à la lire. C'est donc que ces trois mots existaient sur l'enveloppe. C'est donc qu'il pouvait les lire et n'avait pas subitement – à la suite du choc

contre le mur ou de l'abus de médicaments –
perdu la faculté de percevoir des caractères
manuscrits ou imprimés. Il voulut en avoir le
cœur net, ne réfléchit pas, et, d'un geste malha-
bile et violent, déchira l'enveloppe pour en
extraire le courrier qu'avait rédigé le Psychologue.

C'était une feuille crémeuse, pliée en quatre,
avec soin – on remarquait encore la trace d'écrasement consciencieux qu'avaient produit les
ongles du Psychologue sur le bord des pliures.
L'Enquêteur déplia la feuille, la regarda, la
retourna, la retourna encore, lui faisant faire des
volte-face de plus en plus brutales dans ses doigts
tremblants : la feuille était blanche, dramatique-
ment blanche, irrémédiablement blanche.

Elle ne comportait aucune trace d'encre, aucun
mot.

Rien.

Elle était immaculée.

# XXXVIII

Dans bien des guerres et dans d'autres circonstances moins extrêmes, on a testé la faculté de
résistance de l'homme en le soumettant à des
épreuves physiques ou mentales dont le raffinement, de siècle en siècle, n'a pas démenti la capacité
de l'être humain à se surpasser dans l'imagination
et l'exécution de l'horreur.

De la simple goutte d'eau tombant de façon
répétée sur le front d'un condamné au supplice
de la poire d'angoisse, de celui des brodequins,
de la roue, de l'écartèlement, de l'inoculation de
la gangrène dans un membre sain, de l'intrusion
forcée de rats vivants dans le vagin d'une suppli-
ciée, de l'amputation péremptoire des quatre
membres, du soleil auquel on laisse le soin de
dorer le crâne d'un être nu, presque entièrement
enterré dans les sables du désert, des cent lam-

beaux de chair qu'on prélève lentement au couteau sur un corps vivant, de la baignoire d'eau glacée dans laquelle on plonge un enfant pour chronométrer la longueur de son agonie, de l'électricité comme stimulus, du spectacle infligé à un homme de son épouse, de sa fille, de son fils exécutés d'une balle dans la nuque, de l'usage traditionnel et constant du viol, de l'éventration, de l'enfermement prolongé dans des conditions précaires, de la nudité forcée comme tentative d'humiliation, de l'égorgement progressif avec une lame rouillée et volontairement peu affûtée, de la solitude éternelle à la conviction qu'on fait naître dans l'esprit de celui qu'on malmène qu'il est le seul responsable de la situation et des tortures qu'on lui inflige, l'homme ne s'est pas révélé le loup qu'on dit qu'il est pour les autres hommes, ce qui est désobligeant pour les loups qui sont des créatures réellement civilisées et socialisées, mais plus précisément l'anti-homme, comme les physiciens parlent d'anti-matière.

Qui donc voulait détruire l'Enquêteur ? Qui donc s'acharnait à le moudre comme un vulgaire grain dont on veut, dans le vent, disséminer sans retour la pauvre farine ? Qui, et pourquoi ? Car c'était bien à cette conclusion qu'il avait abouti dans l'intimité insonore de la pièce blanche. À cette conclusion en forme de double question. Bien au-delà de la faim et de la soif, bien au-delà du temps dont il ne parvenait pas ou plus à quantifier l'écoulement, appréciant au plus près sa relativité démontrée, bien au-delà des pures questions d'identité – qui était-il en vérité ? –, l'Enquêteur palpait peu à peu le vide dans lequel il flottait et qui le constituait. N'était-il pas devenu lui-même une matière confrontée à une anti-matière en expansion ? Ne progressait-il pas, vite ou avec lenteur, peu importait, vers le trou noir qui allait l'ingérer ? Voulait-on – mais qui ? qui donc ? – le confronter à un radical et définitif aperçu métaphorique de sa vie, de la vie humaine en général ?

L'Enquêteur doutait de ses pensées, de sa faculté à penser. En l'absence de tout repère – comment pourrait-on s'accrocher à de la blancheur, à des revues qui s'écrivent en lettres disparues, ou à une plante verte qui ne l'est même pas ? –, il se convainquit qu'il n'était peut-être pas tout fait vivant, et donc pas tout à fait pensant.

« Je ne pense pas, on pense à travers moi, ou plutôt on me pense. Je n'ai la possibilité d'aucune initiative. On me fait croire que j'ai une Enquête à mener. En vérité, il n'en est sans doute rien. Je suis ballotté, chahuté, froissé puis caressé, bousculé puis remis droit. On me place et me déplace, on m'interdit de traverser une rue, ensuite on m'ouvre le chemin, on me sourit, on m'étreint, on me réchauffe pour me précipiter, à la minute suivante, contre un mur. On lave mon cerveau à grands coups de pluie et de neige, de froidure et de chaud, on m'affame, on m'assoiffe, on me gave de nourriture, on me fait vomir, on m'humilie en me faisant porter n'importe quel vêtement, on m'empêche de me laver, on m'emmure dans une chambre, on m'écoute patiemment pour m'abandonner plus vite à mon sort. Quelle justification chercher à cela ? »

L'Enquêteur aurait donné cher pour pouvoir revenir en arrière, être au sein d'une bobine de film qu'on inverserait, faire une longue marche à reculons, qui l'aurait progressivement ramené sur le marchepied du train, mince rectangle de métal ajouré duquel il n'aurait jamais dû descendre, être de nouveau dans le compartiment dont il avait fort peu de souvenirs, se trouver dans le bureau du Chef de Service au moment où celui-ci lui parlait de sa mission – quels étaient donc les termes exacts qui avaient été employés ? Difficile de s'en rappeler –, dans son appartement au matin du départ, mais sa fatigue était telle qu'il lui était impossible de visualiser son appartement, il aurait été incapable de le décrire, d'en donner même l'adresse précise, encore moins l'étage ou la composition du mobilier, le matériau du sol – moquette ? carrelage ? parquet ? – ou des murs – peinture ou papier peint ?

À ce moment précis, qu'on aurait pu encore dater même si cela ne servait plus à grand-chose, il eut une autre pensée sans fondement logique, une fulgurance lumineuse mais destinée à une mort immédiate, comme peuvent l'être les grands feux d'artifice dans les ciels obscurs des nuits d'été : il pressentit que tous les endroits par où il était passé, toutes les rues empruntées, les murs longés, les immeubles aperçus, le bar du premier jour, l'Hôtel, et même le Poste de Garde, le cône de verre avec le bureau du Responsable, peut-être même le bureau du Psychologue n'existaient déjà plus – ce en quoi, d'un certain point de vue, il avait raison –, qu'ils n'avaient, en vérité, existé que durant le bref moment de son passage parmi eux, et qu'il en était sans doute ainsi des êtres croisés, disparus eux aussi, anéantis en même temps que les lieux qui les avaient vus vivre s'étaient anéantis, pétris dans une léthargie sans retour métaphorisée par l'Empêchement de niveau 6 du Guide, et que cette disparition globale, complète, irrémédiable, signalait peut-être la faillite de sa mémoire, l'épuisement de ses facultés intellectuelles et psychiques qui ne lui permettaient plus de rien conserver, et qu'il s'apprêtait alors à devenir un être qui, tout simplement, n'allait plus être, rejoignant le destin de tous les êtres qui finissent un jour par mourir même si, pendant toute la durée de leur existence, ils ne cessent de mettre en doute cette implacable évidence.

Dans le même temps, la pensée de la destruction de sa pensée, la conscience que le blanc qui l'environnait et qui avait contaminé tout le paysage, murs et mobiliers, annonçait sans doute le blanc majeur et sans limites vers lequel il progressait, cette pensée-là prouvait bien qu'il était encore, malgré tout, en train de penser ! Et que l'espoir de demeurer, de durer encore un peu, ne serait-ce qu'un tout petit peu, existait. Toutes les mésaventures qu'il avait connues, le choc contre le mur, l'obsession de voir partout le portrait du Fondateur, et l'isolement dans la blancheur ne l'avaient pas encore tout à fait détruit. L'Enquêteur se révélait bien solide, jusque dans la conscience même de sa disparition. Mais que tout cela était donc douloureux ! Il n'en pouvait plus de la course folle qui se menait entre les parois de son crâne. Et il commençait à avoir froid. Très froid.

Il tenait à deux mains la tunique trop légère et il essayait en vain de l'étendre, de l'allonger, de l'étirer pour qu'elle couvrît un peu plus son corps, mais à force de distordre le tissu il ne réussit qu'à le déchirer au niveau de son épaule gauche, et c'est à ce moment, à ce moment précis où il faisait le geste très humain de se vêtir, de recouvrir sa peau nue d'un vêtement, que les murs et le sol de la Salle d'attente se mirent à bouger, comme si ce mouvement avait été synchronisé avec la déchirure du tissu qui avait provoqué un bruit délicat de fermeture éclair que l'on ouvre, et quelques fractions de seconde plus tard, à mesure que le tremblement des murs et du sol augmentait, éclata soudain un vacarme métallique fait d'ébranlements d'essieux, de roues, de frottements, de chocs et d'entrechocs, faisant surgir dans le cerveau de l'Enquêteur une image très nette du train qui l'avait amené dans cette ville et dont la vétusté l'avait un peu étonné même s'il ne s'y était pas arrêté vraiment, oui, surgirent de sa mémoire ce train-là et beaucoup d'autres, des dizaines, des centaines, des milliers de trains qui unissaient leurs motrices et leurs wagons emplis de voyageurs résignés ayant tous plus ou moins les traits communs de l'Enquêteur, tous ballottés, impuissants, surpris, et qui composaient, bien malgré eux, l'interminable et stupéfaite procession de l'Histoire humaine.

Le tangage s'amplifia ainsi que le vacarme. Tous deux prirent de l'ampleur, tandis que des coups de sifflet, de marteau, peut-être aussi des voix mais il n'en était pas certain, paraissaient transpirer des parois capitonnées, transpirer littéralement, les voix se muant en gouttes de sueur, de liquide huileux et poisseux, sorte de résine qui exsudait du dehors pour venir gorger les murs blancs, les pénétrer, les traverser et saturer la pièce.

L'Enquêteur aurait aimé se crever les oreilles pour ne plus entendre, se crever les yeux pour ne plus voir, se crever l'âme pour ne plus subir ce cauchemar, mais il ne pouvait rien faire de tout cela. La pièce le bousculait en tous sens, des forces contradictoires l'écrasaient, l'essoraient, le faisaient voler au plafond, plafond qui se changeait en sol, puis en un mur latéral, puis de nouveau en plafond pour redevenir brutalement le sol. L'Enquêteur ne ressentait aucune douleur physique même s'il ne cessait de se cogner. Tout était doux. Les chocs étaient amortis et quand un objet, table basse, chaise, revue, plante verte qui était blanche le heurtait, il avait l'impression que rien ne se passait et que cet objet le traversait sans lui faire aucun mal ni dommage. Il songea à ces hommes que l'Espèce envoyait régulièrement dans l'espace depuis quelques décennies afin d'explorer ses confins ou d'en prendre ridiculement, et de façon fort brève, possession. Il se souvenait de les voir flotter dans l'air de leur cabine, pirouetter, aspirer des liquides qui restaient en suspension sous la forme de gouttelettes de différentes tailles et de couleurs variées, jouer avec des clés à molette qui avaient pris le poids de plumes, des boules de pétanque qui devenaient des bulles de savon. Il se souvenait de leurs voix lentes, brouillées et parasitées par les centaines de milliers de kilomètres qu'elles avaient dû parcourir pour atteindre la Terre, et du sourire ralenti de ces hommes enfermés dans un espace clos, loin du monde, filant dans l'univers à des vitesses sidérales, seuls, sans réelle possibilité de retour, ni désir de retour. Oui, il se souvenait de leur sourire, un sourire éternel qui n'avait plus rien de terrestre ni d'humain, détachés qu'ils étaient du globe bleu originel qui prenait pour eux les proportions d'une lointaine balle d'enfant.

Alors il se mit lui-même à sourire, et s'abandonna.

# XXXIX

Un rayon de lumière, blanc, incandescent,
frappait depuis quelques minutes la paupière
gauche de l'Enquêteur. Il finit par sentir cette
chaleur et ouvrit un œil, mais le referma aussitôt
tant la lumière ne pouvait se regarder en face. Il
tenta d'ouvrir l'autre mais c'était également
impossible. La lumière était bien trop violente. Il
bougea un peu la tête, le corps, et entrouvrit de
nouveau les paupières. La lumière épargnait ses
yeux et frappait désormais son cou. Elle entrait
par la porte dont la serrure avait cédé.

L'Enquêteur se réveilla tout à fait, regarda
autour de lui : la Salle d'attente était sens dessus
dessous : le mobilier était à terre, les chaises et la
table brisées, la plante livide gisait dans les débris
de son pot, les revues ressemblaient à des éplu-
chures de tubercules énormes et chlorotiques. Il

se leva, toucha son corps, s'attendant à le voir s'effondrer en mille et un morceaux mais il n'en fut rien. Seule la tunique s'était encore davantage déchirée : elle mettait à nu les deux tiers de son torse.

Avec un peu de crainte, il poussa la porte, lentement, puis, comme rien d'effroyable ne se produisait, il la fit claquer contre la paroi au-dehors. Le soleil entra comme l'eau s'échappe d'une vanne soudain libérée. Cette lumière, ce n'était donc que le soleil, le soleil qui le frappait de plein fouet. Une boule de feu aux bords mobiles, jaune pâle, suspendue au-dessus de l'horizon dont il était difficile de décider si elle s'en éloignait ou si elle s'apprêtait à s'y dissoudre. L'Enquêteur mit ses mains en visière. Ainsi protégé, il put peu à peu prendre la mesure de l'endroit où il se trouvait.

C'était une sorte d'immense terrain vague pulvérulent, au sol plat, sans saillie aucune, sur lequel, en des ordres peu compréhensibles, s'entassaient par endroits des containers qui avaient des allures de grandes caravanes sans roues, les uns caparaçonnés d'acier ou d'aluminium, armures parallélépipédiques, incandescentes à force de réfléchir la lumière, les autres déglingués, pareils à de grands cartons cabossés, des baraques de chantier, dont les parois de plaques de plâtre, de bois compressé ou de tôle légère étaient enfoncées en maints endroits. Parfois certains étaient regroupés en un

alignement parfait, d'autres avaient été poussés de
guingois, entassés, les uns à demi soulevés pas les
autres, les autres retournés ou sur le flanc. Il y en
avait des isolés, autour desquels, sans qu'aucune
marque au sol ne signalât une quelconque frontière, un enclos ou une limite, on avait maintenu
un vide prudent. Il y en avait qui constituaient des
groupes où paraissait régner une hiérarchie de
tailles, d'ampleurs, de matières, de bon ou mauvais
état. Quelques containers étaient flambant neufs,
comme s'ils venaient tout juste de sortir de chaînes
de fabrication, d'autres, au contraire, attestaient de
leur décrépitude par la corrosion de leur matériau,
les salissures qui recouvraient leur surface origi-
nelle, la liberté qu'avait prise l'assemblage de leurs
parois avec la géométrie.

L'Enquêteur avança de quelques pas. La chaleur était étouffante et le soleil ne bougeait pas.
Rien ne semblait annoncer sa chute, pas plus que
son ascension. C'était un jour suspendu, canicu-
laire, ni un soir ni un matin, quelque chose qui se
distinguait non par son inscription dans un dérou-
lement classique du temps mais par l'immobilité
de sa lumière et de sa chaleur. La blancheur du sol
recouvert d'une terre qui ressemblait à du plâtre
empêchait l'Enquêteur de réellement distinguer ce
qui l'entourait. Il parvenait à saisir les premiers
plans, à isoler les dizaines et les dizaines de containers disposés non loin de lui, mais au-delà, malgré
tous ses efforts, il ne pouvait rien voir car tout

disparaissait dans le flottement tremblé de l'air qui dilatait l'atmosphère en fumerolles mouvantes, translucides, derrière lesquelles le paysage s'effondrait dans un vide insaisissable.

L'Entreprise, pas plus que la Ville, ne pouvait être très loin. Son voyage dans le container n'avait pas duré longtemps, du moins en avait-il l'impression. Mais au fond, qu'en savait-il ?

Il était presque nu, pourtant son front et son corps s'étaient couverts de sueur alors qu'il était sorti de la Salle d'attente – il persistait à appeler ainsi ce préfabriqué déglingué qui gisait, porte ouverte, à trois mètres de lui, sans doute pour se convaincre que tout allait rentrer dans l'ordre – depuis très peu de temps, une vingtaine de secondes tout au plus. Il se sentait d'une grande légèreté. Ses pas, il en fit quelques-uns, ne lui coûtaient aucune fatigue. Seule la chaleur, jamais il n'avait connu une telle chaleur, l'indisposait car, en plus de le cuire, elle extirpait de son corps une sueur abondante qui ruisselait le long de ses jambes, entre ses cuisses, dans son dos, sur son poitrail, sa nuque, ses reins, son front, coulait ininterrompue et notamment dans ses yeux, les noyant, ajoutant l'aveuglement liquide à l'aveuglement lumineux, ce qui fait que, d'une certaine manière, s'il était clair que l'Enquêteur ne voyait pas grand-chose, en plus, il y voyait de moins en moins.

Les bras et les mains tendus vers rien, espérant en vain cacher un soleil qui s'insinuait partout, comme si ses membres fussent devenus transparents, l'Enquêteur chercha de l'ombre. Mais il eut beau marcher en tous sens, et en particulier faire le tour de la Salle d'attente, il ne put en trouver la plus maigre parcelle, ce qui déjouait toute logique et toute loi physique, puisque si le soleil frappait une paroi, il ne pouvait frapper aussi celle qui lui était opposée, d'autant que l'astre était loin d'être au zénith, se contentant de sa position endormie à deux doigts de l'horizon, mais l'Enquêteur en était arrivé à ne plus s'étonner de quoi que ce fût.

Il s'arrêta, essoufflé, s'assit par terre, ou plutôt s'agenouilla, replia son corps, enfonça sa tête dans ses épaules, la recroquevilla le plus possible sous lui, mit ses deux mains de part et d'autre de ses tempes, se rapetissa en une forme posée sur le sol, rien qu'une forme, guère différente d'un gros caillou, ou d'un paquet dont on aurait pu, si quelqu'un l'avait aperçu, se demander ce qu'il pouvait bien contenir. Et que contenait-il en vérité sinon quelques dizaines de kilos de chair malmenée, brûlante, habitée par une âme chahutée, incertaine et rompue ?

L'Enquêteur n'avait plus de larmes. Même s'il avait voulu pleurer, il ne l'aurait pas pu. L'eau de son corps partait toute dans sa sueur. Il gémit. Gémit encore. Essayant d'enfouir davantage sa tête dans ses bras et sous son torse pour la soustraire au soleil. Son gémissement devint un cri, tout d'abord bas, relativement sourd, puis il crût, ronfla, gronda, charriant les derniers soubresauts d'une énergie qui sentait son déclin, pour finir par exploser en un long hurlement, ultime, puissant, animal qui aurait pu faire froid dans le dos s'il n'eut pas fait aussi chaud.

Il arrive que dans les parcs zoologiques les cris des grands singes ou des paons réveillent les autres espèces et qu'alors, au beau milieu de la nuit ou bien aux heures paisibles de l'après-midi, lorsque tout dort et que rien ne la laisse supposer, se déchaîne une protestation sonore, une sorte d'orage vivant fait de centaines de sons et de voix concassées qui forment alors un tonnerre de graves et d'aigus, de spasmes sifflants, de projections gutturales, de glapissements, de hululements, de feulements, de trépignements, de barreaux heurtés, de grillages malmenés, d'aboiements, de barrissements, qui électrise le passant et le plonge dans un cauchemar d'autant plus grand qu'il ne peut discerner l'origine exacte de chacun des sons qui cavalcadent autour de lui, le ligotent serré, l'étouffent et l'empêchent d'échapper à cette cacophonie qui se mue en supplice.

L'Enquêteur n'avait pas tout à fait fini de hurler que, de la plupart des containers, boîtes gigantesques, préfabriqués, mobile homes, box disséminés autour de lui, s'élevèrent des coups sourds ou clairs, des cris, des râles, des rumeurs, des voix, oui, c'étaient à n'en pas douter des voix, humaines, dont on percevait le ton suppliant sans pourtant comprendre les paroles, des voix de fantômes ou de condamnés, des voix de mourants, des voix d'exclus, millénaires, ancestrales et tout à la fois atrocement présentes, des voix qui entouraient l'Enquêteur et qui étouffèrent la sienne.

# XXXX

Les voix avaient fini par se taire. Peu à peu.
Une à une. Dans une disparition progressive,
comme si un doigt savant, quelque part, au nom
d'une intention supérieure, avait baissé un cur-
seur qui réglait leur intensité. L'Enquêteur n'en
revenait pas. Il tourna sur lui-même, à s'en donner le vertige, finit par s'arrêter, chancelant.

« Y a-t-il quelqu'un ? hasarda-t-il après quelques
secondes.

– Ici !

– Là !

– Moi !

– S'il vous plaît !

– Je suis là… !

– Moi ! Moi ! »

À des volumes différents qui témoignaient de
leur distance mais aussi des réserves d'énergie qui

les animaient, les voix se firent de nouveau entendre, isolées dans un premier temps puis mêlées, confuses, fondues les unes dans les autres, créant un magma insupportable qui paraissait saturer l'air, l'emplir à la façon d'un brouillard ou d'une pluie serrée.

L'Enquêteur courut vers le container le plus proche, frappa à la paroi. Des coups portés de l'intérieur lui répondirent aussitôt.

« Qui êtes-vous ? demanda l'Enquêteur en collant son oreille contre le mur.

– Ouvrez-moi, de grâce, ouvrez-moi… je n'en peux plus…, lui répondit la voix sourde du container.

– Mais qui êtes-vous donc ? reprit l'Enquêteur.

– Je suis… Je suis… »

La voix hésita, s'interrompit. L'Enquêteur crut même percevoir des sanglots.

« Mais dites-moi qui vous êtes !

– J'étais… J'étais… l'Enquêteur. »

L'Enquêteur fit un bond en arrière comme s'il venait de se brûler. Son cœur s'affola.

« Ne partez pas s'il vous plaît, ne me laissez pas… s'il vous plaît… »

La poitrine de l'Enquêteur se contracta sous l'effet d'une pression violente. Son cœur battait de façon incontrôlée et tout à fait aléatoire, faisant succéder les ralentis aux accélérations les plus inattendues. Il porta la main dessus, cherchant à le calmer, à le rassurer comme s'il s'était agi d'un animal pris la patte dans un collet et qui, plutôt que de tenter de couper le lien avec ses dents, cherche contre toute logique à ronger sa patte pour se libérer. Cela lui fit du bien. Il épongea d'un revers de main la sueur qui ne cessait de couler à grande eau sur son front et lui donnait l'impression de se dissoudre.

Il observa le container.

C'était un de ceux qui paraissaient le plus récents, le plus neufs. La pellicule de poussière qui le recouvrait était mince et translucide. Veillant à faire le moins de bruit possible, il se mit à marcher pour en faire le tour afin de trouver la porte.

« Je vous entends, vous savez, vous vous déplacez... »

L'Enquêteur continua sa progression en essayant de ne pas se préoccuper de la voix qui avait prononcé ces mots de la façon la plus désespérée possible. Il se déplaçait sur la pointe des pieds, se faisant léger. Il passa l'angle du container, inspecta le mur qu'il découvrait, ne vit aucune porte, avança encore.

« Pourquoi ne me répondez-vous pas... ? »

L'Enquêteur poursuivit son inspection. Il tourna l'angle suivant. Apparut le mur de la largeur. Toujours rien. Aucune porte.

« ... juste un mot, s'il vous plaît, je sais que vous êtes encore là... je le sais... »

Il ne restait plus qu'un mur. Un seul. L'Enquêteur accéléra l'allure. L'homme du container
l'entendait. Il ne servait plus à rien de prendre des
précautions en marchant. Et puis, que redoutait-
il ? L'homme ne paraissait pas agressif et il était
enfermé. L'Enquêteur s'apprêta à dépasser le dernier angle, mais il ralentit. Ou plutôt son corps
ralentit, avant même que sa pensée lui ordonnât
de le faire. Que craignait-il au juste ? De quoi
avait-il peur ? Quelle découverte à venir le paraly-
sait à ce point ? Il le savait mais n'osait pas se
l'avouer. Les trois murs du container qu'il avait
observés ne comportaient aucune porte, aucune
ouverture. Cela voulait donc dire que la porte se
trouvait sur le quatrième mur. Il lui suffisait de
passer l'angle pour s'en assurer. Et pourtant, il ne
le faisait pas. Il n'osait pas le faire. Il n'osait pas
parce que, au plus profond de lui, il était persuadé
que le quatrième mur ne comportait aucune porte,
aucune fenêtre, même si cela n'avait aucun sens.

L'Enquêteur se laissa glisser vers le sol, et
s'assit, le dos contre le container. Il préférait ne
pas vérifier. Il préférait se raccrocher au doute.
Seul le doute, se disait-il, lui permettrait de tenir
encore, encore un peu. Car de deux choses
l'une : soit le quatrième mur du container abritait
une porte, soit il n'en abritait pas. Si ses yeux
voyaient la porte, tout irait bien. Mais si ses yeux
vérifiaient l'absence de porte, il ne lui resterait
plus qu'à se noyer dans sa folie ou se faire cuire

par ce fichu soleil qui était là, toujours au même endroit, faisant ruisseler sa chaleur sur la terre nue. L'Enquêteur préférait ne pas savoir et se raccrocher à la possibilité, la maigre possibilité, d'être encore dans un monde où des lieux clos ne peuvent contenir quelque chose, objet, homme, plante verte fût-elle décolorée, qu'à partir du moment où ils possèdent une ouverture par laquelle ceux-ci sont entrés.

« Vous êtes encore là n'est-ce pas… ? »

La voix du container était toute proche. Elle résonnait dans le dos de l'Enquêteur. L'homme devait coller sa bouche contre la paroi. Ses mots entraient dans le corps de l'Enquêteur en provoquant une sorte de chatouillis.

« Répondez-moi…

– Qui êtes-vous ? demanda une fois encore l'Enquêteur.

– Je vous l'ai déjà dit, je suis l'Enquêteur.

– Mais c'est moi l'Enquêteur ! »

Il y eut un silence, puis il crut percevoir un soupir.

« Si vous le dites… De toute façon, nous le sommes tous, plus ou moins…

– Je ne comprends pas.

– Pensez ce que vous voulez… Je ne vais pas me battre, je n'en ai plus la force… Tout cela m'a rincé… Pouvez-vous m'aider à sortir, s'il vous plaît ?

« – Je crains que non. Votre boîte a l'air hermétiquement close.

– Une boîte ? Pourtant, on m'avait prié de rester dans la Salle d'attente... »

L'Enquêteur se détacha un peu du mur, regarda de nouveau le container.

« Je parle d'une boîte pour aller vite, vous êtes en fait prisonnier d'une sorte de bâtiment préfabriqué déposé au milieu de nulle part.

– Nulle part... »

La voix se tut. L'Enquêteur ne savait pas quoi faire. De l'autre côté de la paroi, il sentait qu'il y avait un homme qui, peut-être à quelques différences près, avait sans doute traversé des événements similaires à ceux auxquels il avait été lui-même confronté.

« Il fait froid, il fait si froid..., murmura la voix.

– Que dites-vous ? s'étonna l'Enquêteur dont le corps fondait à vue d'œil, partait en liquides, en fluides, en eau, en sueur. Je n'ai rien sur la peau et j'ai encore trop chaud. Le soleil semble suspendu dans le ciel. Il ne bouge pas d'un millimètre. Il n'y a aucun nuage, et quand un peu de vent se lève, c'est pour verser dans cette chaleur des flots de poussière brûlante !

– Quelle chance vous avez... j'ai beau me pelotonner dans mes vêtements, je suis transi. Il y a des cristaux de glace partout, sur ma barbe, mes mains, sur les murs, sur la table basse, même sur la plante verte, d'ailleurs, on dirait qu'elle est

255

toute blanche, je ne sens plus mes pieds ni mes mains, je pense qu'ils sont gelés, je crois qu'ils sont déjà morts... »

Le container ne paraissait pas être une chambre froide, et ses parois extérieures, en contreplaqué recouvert d'une couche de peinture beige, étaient chaudes sous la paume. Est-ce que la voix ne lui mentait pas ? N'était-ce pas là encore un des nombreux tests auxquels il était soumis ?

« Quelle Enquête meniez-vous ? demanda l'Enquêteur.

– Je devais... Je devais... Oh, à quoi bon vous expliquer... »

La voix avait perdu toute force. L'Enquêteur devait plaquer son oreille le plus possible contre la paroi pour l'entendre.

« Vous enquêtiez au sein de l'Entreprise, pour les suicides ? relança l'Enquêteur.

– L'Entreprise... ? Les suicides... ? Non... non... On m'avait demandé de... enfin je devais essayer de... expliquer... les baisses de motivation dans le Groupe... Si froid... froid... Mes lèvres gèlent aussi, mes yeux, je ne vois plus...

– Mais quel Groupe ? De quoi parlez-vous ?

– Le Groupe... le Groupe...

– C'est un Groupe qui appartient à l'Entreprise ?

– L'Entreprise... ?

– Mais enfin, s'énerva l'Enquêteur, faites un effort, si vous êtes là où vous êtes, il y a bien une raison, bon Dieu ! On n'arrive pas là où vous êtes sans raison, le Groupe dont vous parlez devait être dans l'Entreprise, répondez-moi !

– ... Groupe... motivation... langue... gelée... Entreprise... peux plus... peux plus...

– Répondez-moi !!!

– ... plus... »

L'Enquêteur s'était mis à hurler tout en frappant des deux mains sur les parois de la boîte, abandonnant le ton de confessionnal dont il avait jusque-là usé. Alors à nouveau s'éleva, provenant de dizaines, centaines, milliers de voix emmurées – plus encore ? Comment savoir ? –, un déchaînement de cris et de vociférations, de râles, d'appels tragiques, de plaintes, de prières, de supplications qui donnèrent l'impression à l'Enquêteur qu'on le griffait de toutes parts, qu'on s'accrochait à lui comme des naufragés s'accrochent à une pauvre barque dont ils savent bien pourtant qu'elle ne pourra les sauver tous, mais qui continuent tout de même à le faire dans le seul et égoïste but de la faire couler, afin qu'elle n'en sauve aucun, préférant inconsciemment la mort de tous à la survie d'un seul.

L'Enquêteur ne trouva d'autre issue pour échapper à cela que de se boucher les oreilles et de fermer les yeux.

# XXXXI

-

Bien souvent, nous tentons d'appréhender ce qui nous échappe avec des termes et des concepts qui nous sont propres. L'homme, depuis qu'il s'est distingué des autres espèces, n'a eu de cesse de mesurer l'univers et les lois qui le régissent à l'aune de sa pensée et des productions de celle-ci, sans toujours se rendre compte de l'aspect inopérant de sa démarche. Pourtant, il sait bien, par exemple, que la passoire est impropre à recueillir l'eau. Pourquoi donc se ment-il avec constance en pensant que son esprit peut tout comprendre et tout saisir ? Pourquoi plutôt ne pas constater que son esprit est une prosaïque passoire, c'est-à-dire un ustensile qui rend des services indéniables dans certaines circonstances, pour des actions précises, et dans des situations données, mais qui ne sert à rien dans beaucoup d'autres, parce qu'il n'est pas fait pour cela, parce qu'il est troué, parce que quantité d'éléments le traversent sans même qu'il réussisse à les retenir pour les observer ne serait-ce que quelques secondes.

Était-ce à cause de l'infinie chaleur ? Était-ce parce qu'il ne cessait de suer, de suinter, de disparaître dans ses humeurs ? Était-ce parce qu'il avait soif sans même qu'il en ait tout à fait conscience que l'Enquêteur se mettait à penser à l'imperfection humaine, à des liquides et à une passoire ?

C'était de nouveau le silence. Il avait toujours les yeux clos. Ses mains étaient retombées depuis longtemps le long de son corps. Les voix s'étaient tues. Seuls les gémissements du vent qui jouait entre les containers arrivaient jusqu'à ses oreilles. Il eut l'impression soudaine d'avoir un peu moins chaud, en même temps que le noir derrière ses paupières closes devint plus noir encore.

Une ombre.

Ce devait être une ombre, un épais nuage qui masquait le soleil, à moins que le soleil lui-même ne se fût enfin décidé à chuter.

Il ouvrit les yeux. Devant lui se tenait un homme, debout, dont il ne voyait que la silhouette et dont le grand et gros corps lui faisait de l'ombre. L'homme lui paraissait immense. Il n'était pas un nuage. Il tenait dans sa main droite ce qui paraissait être le manche d'un balai.

« D'où sortez-vous ? » demanda l'Ombre. C'était la voix d'un vieillard, lourde, profonde, un peu éraillée, mais qui conservait malgré sa rugosité une fraîcheur vive, légèrement ironique. Les autres voix, celles des containers, lancèrent de nouveau leurs lamentations.

« ON SE TAIT ! » hurla l'Ombre, et ce fut immédiatement le silence. L'Enquêteur n'en revint pas. Qui pouvait bien être cette ombre pour avoir sur tous ces emmurés cette brutale et incontestable autorité ?

« Je vous ai posé une question, reprit l'Ombre.

– La Salle d'attente. J'étais dans la Salle d'attente, là… », répondit lentement l'Enquêteur tout en prenant appui sur la paroi du container pour se relever, ce qu'il parvint à faire avec de grandes difficultés. L'Ombre fit un mouvement. Sa tête se tourna vers la direction que lui avait indiquée l'Enquêteur. Elle resta un moment à regarder le préfabriqué éventré, porte ouverte, d'où était sorti l'Enquêteur. Ce dernier avait de nouveau le soleil dans les yeux, ce fichu soleil qui n'avait pas bougé d'un pouce et qui l'aveuglait.

« Vous ne voyez rien, dit l'Ombre. Attendez, je vais arranger cela. »

L'Enquêteur sentit une main le palper et lui arracher ce qui restait de sa tunique. Il tenta immédiatement de cacher le haut de ses cuisses mais la voix caverneuse devança son geste : « Vous n'allez pas recommencer cette vieille histoire… À quoi cela va-t-il vous servir ? Personne ne vous voit, à part moi, et je suis dans le même état que vous. » L'Enquêteur entendit que l'Ombre déchirait sa tunique, en plusieurs morceaux, puis ses mains, ses vieilles mains aux doigts longs et déformés, lui effleurèrent le visage et lièrent autour de ses yeux des lambeaux, en plusieurs couches, avec délicatesse, serrant le tissu qu'elles nouaient derrière sa tête mais pas trop tout de même afin de laisser aux paupières toute leur mobilité.

« Voilà. C'est fait. Vous pouvez les ouvrir désormais. »

Le monde apparut alors à l'Enquêteur au travers de cette gaze orangée qui lui avait jusque-là servi de vêtement. Le soleil n'était plus qu'une boule de couleur jaune paille et le sol avait perdu de son aveuglante blancheur. Çà et là, il distinguait des blocs plus sombres : c'étaient les masses inégales des différents containers. La plaine, plate, sans relief ni saillie, en était couverte aussi loin que la vue portait – il n'y en avait pas des dizaines, voire des centaines comme il l'avait cru dans un premier temps, mais des milliers, des dizaines de milliers ! –, et la vision de cet infini fit surgir dans sa bouche sèche une bile sucrée. Il se crut sur le point de vomir. Mais qu'aurait-il pu donc vomir ?

Dans chacune de ces boîtes, se disait-il, il y a un homme, un homme pareil à lui, qu'on avait chahuté, malmené, qu'on avait laissé espérer, auquel on avait fait croire qu'il avait une mission à remplir, un rôle à jouer, une place pour exister, qu'on avait fait tourner en bourrique, humilié, rabaissé, auquel on avait désigné la fragilité de sa condition, de ses souvenirs et de ses certitudes, un Enquêteur peut-être ou qui se prétendait tel, un homme qui désormais hurlait et frappait contre les parois sans que jamais personne ne puisse lui venir en aide. Un homme qu'il aurait pu être si sa boîte à lui, moins solide ou davantage maltraitée, ne s'était ouverte.

Lui qui s'était pensé si longtemps unique, il mesurait l'importance de son erreur et cela le terrorisait.

« C'est bien mieux, n'est-ce pas ? »

L'Enquêteur sursauta. Il avait presque oublié l'Ombre.

« Ici, c'est en se bandant les yeux qu'on réussit à voir. »

L'Ombre devenait précise, comme peut l'être parfois un mirage. L'Enquêteur distinguait ses traits et le dessin de son corps. C'était effectivement un vieil homme, au ventre distendu qui tombait en plusieurs plis et masquait son sexe. La peau de ses cuisses faisait songer à celle de très anciens animaux appartenant à des espèces disparues depuis des lustres et ses pectoraux effondrés ressemblaient aux seins flétris d'une vieille nourrice. Ses épaules aussi s'étaient affaissées, offrant des lignes molles, rondes et fuyantes qui se nouaient à des bras obèses sur lesquels la peau pendait comme des toiles d'araignée détruites. Mais quand le regard de l'Enquêteur remonta jusqu'à son visage, il eut un tel choc qu'il crut que la terre disparaissait sous ses pieds, et il serait tombé si l'Ombre ne l'avait pas retenu de sa main droite, la gauche serrant toujours le manche d'un balai qui paraissait lui servir tout à la fois de canne et de sceptre : ce grand front sur lequel un réseau de rides dessinait des deltas et des ruisseaux, ces joues tombantes, ce menton creusé d'une fossette, ces oreilles derrière lesquelles une chevelure argentée cascadait en flots gris, cette moustache épaisse dont les pointes fournies chutaient de part et d'autre d'une bouche aux lèvres fendillées, l'Enquêteur les avait plusieurs fois contemplés et, même s'il ne pouvait apercevoir le regard qui disparaissait presque entièrement derrière le bandeau, il lui fallut bien se rendre à cette sidérante évidence :

« Le Fondateur ! Vous êtes le Fondateur..., parvint-il à dire en sentant son corps parcouru d'ondes électriques.

– Le Fondateur... ? » répéta l'Ombre.

Elle parut réfléchir, puis haussa les épaules.

« Si cela peut vous faire plaisir... Je n'ai pas l'habitude d'être contrariant. Par contre, ce dont je suis certain, c'est que vous, vous êtes le premier homme.

– Le Premier Homme… ?

– Oui, le premier à sortir d'une de ces boîtes. Personne n'a encore eu votre chance. Mais ne vous leurrez pas, vous ne jouissez que d'un bref sursis. Vous finirez comme les autres. Être dehors ou dedans ne change rien. C'est la particularité de ce navire. Tous dedans, d'une façon ou d'une autre. »

L'Ombre donna une grande claque sur le container, ce qui ne provoqua aucune réaction à l'intérieur.

« Vous voyez ? C'est fini pour lui. Plus de réaction. Il a dû rendre l'âme. Ces box sont si bien conçus et si bien fermés qu'il est inutile d'essayer de les ouvrir. J'ai tenté souvent de le faire, par humanité sans doute, ou pour rompre mon ennui. J'y ai renoncé après m'être cassé trois ongles et foulé le poignet. »

L'Ombre joignit le geste à la parole et se massa l'avant-bras comme si l'évocation de l'incident avait réveillé la douleur.

« Ce qui est curieux, c'est de constater que le malheur est un poids qui devient finalement assez léger à mesure qu'il s'accentue ou prolifère. Voir mourir sous ses yeux un homme est très déplaisant. Presque insoutenable. En voir ou en entendre mourir des millions dilue l'atrocité et la compassion. On se surprend assez vite à ne plus ressentir grand-chose. Le nombre est l'ennemi de l'émotion. Qui donc a jamais ressenti de la souffrance en piétinant une fourmilière, vous pouvez me le dire ? Personne. Je leur parle parfois, pour leur tenir compagnie quand je n'ai rien de mieux à faire, mais ils sont pénibles... Ils voudraient que je me mette à leur place alors qu'aucun ne songe à se mettre une seule fois à la mienne. Je veux les réconforter, mais ils ne savent que se plaindre. Certains ont encore des téléphones. Ils tentent de joindre des proches ou des services d'urgence, mais ils épuisent leur crédit ou leur batterie dans les méandres de standards automatiques qui jamais ne réussissent à les mettre en contact avec la personne qu'ils souhaitent joindre. Et puis, que pourrait-elle faire ? Que pourrions-nous faire pour eux ? Rien, je vous l'ai déjà dit. Après tout, ce n'est pas moi qui les ai mis là où ils sont. Et si ma responsabilité a été engagée, c'était il y a si longtemps qu'il y a désormais prescription. »

Il y eut un silence, d'une fraction de seconde, ou de mille ans, comment savoir ? Le temps était devenu une dimension accessoire. Le corps de l'Enquêteur fondait à vue d'œil. Il partait peu à peu, cuit par le soleil, tordu et pressuré comme une serpillière qu'on essore une dernière fois avant de la jeter aux ordures.

« Fort heureusement, reprit l'Ombre, ces pauvres créatures ne durent jamais très longtemps. Au tout début, elles hurlent comme des cochons qu'on égorgerait, et puis très vite elles faiblissent, et finissent par se taire. À tout jamais. Le grand silence. Pourquoi vouloir s'en prendre à moi ? Drôle d'idée ! Qu'y puis-je ? Comme si j'y étais pour quelque chose ! Chacun son destin. Vous croyez que c'est facile de balayer ici ? On a ce qu'on mérite. Il n'y a pas d'innocents. Vous ne croyez pas ?

– Je ne sais pas… Je ne sais plus…, articula l'Enquêteur. Où sommes-nous ? En Enfer ? »

L'Ombre faillit s'étrangler et partit d'un grand rire qui se termina par une atroce quinte de toux. Il se racla la gorge, cracha au loin à trois reprises.

« En Enfer ! Comme vous y allez ! Vous aimez les explications simplistes, n'est-ce pas ? Je ne pense pas que cela fonctionne encore aujourd'hui. Le monde est trop complexe. Les vieilles ficelles sont usées. Et puis les hommes ne sont plus des enfants auxquels on peut encore raconter des sornettes. Non, vous êtes tout bonnement ici dans une sorte de zone de transit de l'Entreprise, qui s'est transformée au fil du temps en une grande décharge à ciel ouvert. On entasse ici ce qu'on ne peut mettre ailleurs, ce qui est hors d'usage, des choses, des objets, des pourritures dont on ne sait que faire. Je pourrais vous montrer des collines entières couvertes de prothèses, de jambes de bois, de pansements sales, de déchets pharmaceutiques, des vallées encombrées de cadavres de téléphones cellulaires, d'ordinateurs, de circuits imprimés, de silicium, des lacs chargés jusqu'à la rive de fréon, de boues toxiques et d'acides, des failles géologiques rebouchées à grandes pelletées de matières radio-actives, de sables bitumineux, sans compter des fleuves charriant des millions d'hectolitres d'huile de vidange, de fumier chimique, de dissolvants, de pesticides, des forêts dont les arbres sont des faisceaux de ferrailles assemblées et rouillées, des structures métalliques ornées de béton armé, de plastique fondu et amalgamé à des milliers de tonnes de seringues usagées qui finissent par ressembler à des ramures défoliées, et j'en oublie. Que voulez-vous que je fasse, je ne peux pas tout nettoyer à leur place, je n'ai que cela ! »

L'Ombre ponctua ses mots en agitant son balai.

« Ici, ce n'est rien encore, poursuivit-il. C'est un nouveau territoire. Un paysage en devenir qui attend les artistes qui pourront un jour ou l'autre le célébrer et les promeneurs qui, tôt ou tard, viendront le dimanche en famille pour y pique-niquer. On commence seulement. Je n'ai vu arriver que des containers pour l'instant, des préfabriqués construits à la hâte en fonction des besoins. L'Entreprise se développe si vite. On se demande qui la dirige car je ne parviens pas à comprendre sa stratégie. Elle a besoin de nouveaux locaux, mais elle s'en débarrasse tout aussi vite car elle est dans le même temps en perpétuelle restructuration, et il y a parfois des erreurs regrettables dont certains sont victimes. Les cadences imposées sont telles que les Transporteurs chargent les containers alors même que des hommes y travaillent encore. Pas de chance pour eux, mais ils n'avaient qu'à en sortir à temps. La distraction ou le zèle se paient cher aujourd'hui. Les heures supplémentaires creusent les tombes de ceux qui les accumulent. L'époque des utopistes est révolue. On pourra toujours acheter quelques rêves, plus tard, à crédit, chez des antiquaires, dans des collections ou des brocantes de village, mais dans quel but ? Les montrer aux enfants ? Y aura-t-il encore des enfants ? Avez-vous des enfants ? Vous êtes-vous reproduit ? L'homme est de nos jours une quantité négligeable, une espèce secondaire douée pour le désastre. Il n'est plus désormais qu'un risque à courir. »

L'Ombre lança de nouveau un gros crachat gluant et verdâtre, qui tomba dans la poussière en y dessinant un serpent au corps mince et à la tête oblongue qui s'enfonça dans la terre sans plus attendre.

« Et selon vous, reprit-elle en regardant l'Enquêteur au travers de son bandeau, j'aurais fondé quoi ? »

# XXXXII

L'Enquêteur sentait bien qu'il était sur le point de s'absenter définitivement. Peut-être même l'avait-il déjà fait ? Son existence ne s'écrivait plus que par intermittence, sur le mode du pointillé, ou du tube au néon qui clignote en émettant un bruit comparable à celui que font les fragiles insectes des soirs d'été lorsqu'ils viennent au plus près des réverbères et s'y calcinent. Il ne vivait plus que par à-coups, par brefs accès de conscience qui laissaient entre eux des trouées de noir, d'épais puits de goudron au sein desquels il ne se passait rien, rien dont il pût se souvenir.

Et ce n'étaient ni la faim, ni la soif, ni la fatigue, qui étaient la cause de tout cela. Ce n'étaient même pas les entraves continues semées sur sa route. Au fond, ce qui le minait, dans cette ultime partie protégée de son âme qui produisait encore un peu de sens, derrière les derniers remparts qui tenaient encore le coup, alors que les murailles, les tours de guet, les fossés, le pont-levis, les échauguettes, tout avait été détruit dans un écroulement progressif, un travail de sape entamé dès son arrivée dans la Ville, c'était la déception de découvrir qu'il avait été un travailleur de l'inutile et qu'il n'aurait jamais eu la force suffisante pour atteindre le but qu'on lui avait assigné : comprendre pourquoi des hommes avaient choisi de se donner la mort, c'est-à-dire pourquoi des hommes avaient décidé à un moment de leur existence de refuser le jeu de l'Humanité, de ne pas attendre la dégénérescence irréversible de leur organisme, la rupture d'anévrisme, la prolifération de métastases, l'obstruction par accumulation de graisses d'une de leurs artères principales, l'accident de la route ou domestique, l'assassinat, la noyade, une guerre bactériologique, un bombardement, un tremblement de terre, un raz de marée, une inondation majeure pour rejoindre la mort. Pourquoi des hommes, cinq, dix, une vingtaine, des milliers, peu importait le nombre exact, étaient allés contre leur instinct profond qui leur commandait de survivre coûte que coûte, de continuer la lutte, d'accepter l'inacceptable parce que la religion de la vie se doit d'être plus forte que le désespoir engendré par l'entassement des obstacles ? Pourquoi des hommes – au sein de l'Entreprise ou ailleurs, le fait était très secondaire – avaient rendu leur tablier, leur insigne, leur uniforme d'homme ? Comment aurait-il pu, lui simple Enquêteur, pauvre hère, comprendre cela et l'expliquer ?

Le dérèglement devenait son essence. En proie à un irréversible court-circuit, l'Enquêteur se débattait dans une confusion des instants qui créait dans son esprit épuisé un collage de moments vécus, de délires, de rêves, de fantasmes, de souvenirs et d'anticipations, et le bombardement d'images auquel il était soumis, auquel il ne pouvait se soustraire, achevait de morceler sa conscience, de la fragmenter comme une grenade touchant le sol disperse dans un arc-en-ciel de mort ses différents débris.

« Vous n'avez pas répondu à ma question. C'est une habitude chez vous ? insista le Fondateur.

– Quelle question ? murmura l'Enquêteur qui venait de reprendre pied, de façon très temporaire, dans sa dernière scène vécue où le soleil immobile diffusait une chaleur toujours plus insoutenable. On a joué avec moi, n'est-ce pas... ? Je ne suis pas à la hauteur de ma vie. Ce soleil... N'est-ce pas une simple lumière derrière une grosse loupe au-dessus de ma tête... ? On m'observe encore ? Dites-le-moi. Est-ce toujours l'expérience ? Ai-je réussi les précédentes épreuves ? S'il vous plaît, dites-le-moi... Vais-je pouvoir enquêter ?

– Vous répondez à ma question par des

questions, un peu facile comme stratégie, vous ne trouvez pas ? »

La voix de l'Ombre paraissait irritée.

« Depuis voilà je ne sais combien de temps, nous sommes ensemble, je vous supporte, et j'attends votre réponse. Qu'est-ce que vous imaginez ? Que j'en sais plus que vous ? Parfois on bricole, on essaie d'inventer et tout vous pète dans les doigts. Vous voulez arrêter l'hémorragie, mais plus moyen ! Que faire alors ? Se morfondre ? Non, moi, j'ai simplement décidé de tourner le dos. La lâcheté n'est pas le défaut que l'on croit. Le courage fait souvent plus de dégâts. Qu'ils se débrouillent ! »

L'Enquêteur ne comprenait plus rien à ce que lui disait l'Ombre. Il ne se sentait pas marcher. Il lui paraissait que son corps flottait dans l'air, qu'il ne touchait plus vraiment terre. Ses bras avaient pris la consistance du brouillard. De ses mains denses comme une fumée d'encens ne subsistaient que ses paumes, volatiles, cendreuses, au travers desquelles déjà la lumière passait, révélant des milliards de particules agitées par des courants contradictoires, des secousses majestueuses qui finissaient par les emporter en vagues, en tourbillons, en spirales, les précipiter dans des puits où elles devenaient des étoiles au milieu des ténèbres, s'agrégeant ensuite en d'infinies voies lactées au fond desquelles on apercevait les éclats mauves d'explosions, de cataclysmes universels, les rencontres fracassantes d'astéroïdes, de comètes et de corps lancés depuis la nuit des temps dans le vide le plus pur.

« Ne vous préoccupez plus de rien, reprit l'Ombre, ne vous souciez plus de vous. Vos doigts ne reviendront plus. Ni le reste. Tout cela va être mangé peu à peu, vous n'y pouvez rien, et, de toute façon, c'est sans douleur. Je vous le garantis. Essayez plutôt de répondre à ma question, ça vous le pouvez encore si vous le voulez. Profitez de cette chance extraordinaire de vous être échappé du container, essayez de lui donner un sens, répondez à ma question : qu'aurais-je fondé selon vous ? »

La voix de l'Ombre tournait autour de l'Enquêteur, venait en lui, se coulait dans ce qui lui restait de poitrine, emplissait tout son crâne. La chaleur était de plus en plus effrayante et, lorsqu'il essaya de s'éponger le front d'un revers de main, il constata qu'il n'avait plus de main et que son front avait aussi disparu.

« Je m'en vais…, parvint-il à susurrer, apeuré, surpris et déçu.

– Évidemment ! se moqua l'Ombre. Pourquoi vous en étonner ? Mourir ne devrait pourtant pas surprendre celui qui n'est personne, le Poète l'a écrit un jour. Mais on ne lit plus la poésie. Les hommes se torchent le cul avec ! En plus, je vous l'avais annoncé que vous alliez sous peu disparaître, je ne vous ai pas pris en traître, je ne mens jamais, je ne suis pas fait pour cela. Allez, bon sang, profitez de vos derniers instants, donnez du sens à votre agonie si vous n'avez pas su en donner à votre vie : répondez-moi, vous n'avez plus rien à perdre. Qu'ai-je fondé ? Dites-le-moi, bordel ! Voulez-vous que je me mette à genoux ? Il paraît que jadis ça marchait. »

Alors, sans qu'il sût pourquoi, l'Enquêteur songea aux lilas et à leur parfum. Il vit distinctement les fleurs en grappes mauves qui ployaient dans un printemps lointain au creux d'une matinée de mai, et il respira leur odeur violente et douce. Puis il fut sur un navire, très exactement à sa proue, qui filait à plus de trente nœuds, tenant des deux mains le bastingage tandis que les embruns ruisselaient sur son visage et laissaient sur ses lèvres le goût délicieux de l'eau et du sel, et que des vagues écumeuses jaillissaient des dauphins en bandes, caressés par le chant des sirènes qui sourdait de l'air ébloui de lumière. Il vit aussi un enfant sortir du ventre de sa mère, des cuisses écartelées gémir le petit corps délivré dans un effort heureux et les larmes de la mère se mêler au sang et aux matières de la vie naissante. Il fut au beau milieu d'une foule dansante qui célébrait la paix revenue après une guerre qui avait fait des millions de victimes. Il tourbillonna, fut enlacé par des femmes qui posèrent leurs lèvres chaudes sur les siennes, il vit leurs rires, les yeux brillants de joie et caressa leurs hanches et leurs seins, s'oublia en elles et puis il n'y eut soudain plus rien.

« On pourrait continuer encore avec d'autres images si je vous laissais faire, dit l'Ombre sur un ton dépité. C'est facile de croire au bonheur. Il suffit de greffer quelques instants comme ceux-là dans une ou deux cellules de votre cerveau, et le tour est joué. Je vous ai offert le loisir de jouir de ces derniers petits plaisirs que vous n'avez pas connus, de faux souvenirs à deux sous pour vous prouver que je ne suis pas un mauvais bougre, mais répondez-moi maintenant ! Je veux l'entendre de la bouche d'un homme : qu'est-ce que je suis censé avoir fondé ? »

Où donc était passé ce grand soleil incandescent ? Et cette plaine immense au sol de craie ? Était-ce enfin la nuit ? se demandait l'Enquêteur qui ne distinguait plus rien et constatait, impuissant, que ses dernières et maigres forces le délaissaient.

« Pas encore, lui souffla l'Ombre, pas encore, ce serait trop simple… La nuit, c'est pour après. »

Tout avait pourtant si normalement commencé. Dans une gare qui ressemblait à beaucoup d'autres gares. Sur une place comme il en existe sur Terre une infinité. Dans un bar des plus communs. Pourquoi ensuite tout s'était-il donc compliqué ? Il avait mis le pied dans une ville, ou dans une vie. Il avait croisé des figures, des êtres qui valaient pour des millions d'autres. Il avait tenté de débrouiller les cartes, de donner des noms, de faire au plus simple, de rendre clair, d'aller là où on lui avait dit d'aller, de faire ce qu'on lui avait dit de faire. Même le récit des événements avait suivi, au tout début, des codes connus, jouant sur des architectures rassurantes avant de commencer à s'émanciper de ceux-ci, à se débrider, à scier les branches sur lesquelles pendant longtemps il s'était reposé, à contribuer à le déboussoler plus encore.

« J'avais une Enquête à mener, expira l'Enquêteur qui essayait en vain de toucher avec son menton sa poitrine qui n'existait plus. Une Enquête que je n'ai même pas pu commencer...

– Qu'en savez-vous ? Qui vous dit que vous ne l'avez pas menée à bien cette Enquête puisque vous m'avez trouvé, puisque, à vous entendre, je suis le Fondateur ?

– Je ne vous ai pas cherché, j'avais une Enquête..., murmura l'Enquêteur avant que ses lèvres se dissolvent et avec elles son visage.

– *C'est en ne cherchant pas que tu trouveras.* Je suis peut-être la cause de tout ainsi que la conséquence ? Le début et la fin de la boucle ? Qu'en savez-vous ? Vous m'appelez le Fondateur, mais qui sait, je pourrais être aussi le Fossoyeur, non ? Cela me conviendrait mieux ! Souvenez-vous de tous ces containers ! Je suis entouré de cadavres. Allons, dépêchez-vous de répondre à ma question, vous n'êtes pas éternel. Vous m'avez affirmé que vous étiez l'Enquêteur. Vous aviez une mission, un rôle, un but, et même si vous ne pensez pas l'avoir atteint, il n'en demeure pas moins que vous savez toujours qui vous êtes, et pourquoi vous l'êtes, mais moi, qui suis-je en vérité ? On m'a mis un balai dans les mains, je ne sais plus quand, mais ça ne rime pas à grand-chose. Quelle est ma fonction ? Qu'ai-je donc fondé selon vous ? JE SUIS LE FONDATEUR DE QUOI !? » hurla l'Ombre, et son cri se répercuta dans une cascade d'échos qui se fracassèrent en une chute prolongée, se meurtrissant les uns les autres, faisant trembler le sol et le ciel dans un effarouchement de tonnerre.

L'Ombre attendait, mais l'Enquêteur s'en détourna car il vit des fantômes venir le saluer, comme dans une cérémonie de condoléances, silhouettes, idées, réminiscences, hologrammes, personnages de fiction parmi lesquels il reconnut nettement le Policier, la Géante qui lui souriait, le Guide, le Responsable, le Serveur, le Vigile et le Garde, l'Enfant aux yeux brûlants, le Psychologue un peu en retrait, les Touristes, les Déplacés, la Foule. Tous semblaient un peu gênés. Ils se recueillaient devant le corps d'un homme de taille moyenne, au visage rond, au crâne déplumé, qui leur ressemblait comme un frère, un homme qui était la victime d'une farce dans laquelle ils avaient tenu leur rôle, sans trop essayer d'en sortir, parce que c'est bien plus commode comme cela. Ils avaient toujours eu une bonne longueur d'avance sur l'Enquêteur, et la conservaient encore, même si cela ne leur servait à rien et ne les sauverait pas.

Il y eut encore des lettres assemblées par une main qui les traçait sur un tableau noir. Une aiguille qui perce une veine pour y prélever du sang ou bien y injecter un liquide, l'image très pure d'un goutte-à-goutte et sa musique apaisante, bientôt recouverte par le crissement de feuilles de papier que l'on déchire puis que l'on brûle et le chuchotis de l'encre qui se déverse sur la page d'un livre.

« QU'AI-JE DONC FONDÉ !!!??? » hurla une dernière fois l'Ombre.

Dans l'âme faible et perdue de l'Enquêteur tremblèrent encore un ou deux mots muets, esquissés seulement, avant que ce qui demeurait de sa conscience ne soit emporté dans le vide, comme la dernière bouffée d'une cigarette par le vent. Puis tout en lui mourut, la réponse à la question, les signes, les traces de lumière, la mémoire, les doutes. Il crut entendre un faible son, comme celui que fait l'écran d'un ordinateur portable qu'on rabat sur le clavier aux touches encore tiédies par les doigts qui les ont pendant si longtemps effleurées :

« Clac. »

Et puis plus rien.

Plus rien.

Pour Richard Bato, *récit, Æncrages & Co, collection « Visible-Invisible »*, 2001

La Mort dans le paysage, *nouvelle, avec une composition originale de Nicolas Matula, Æncrages & Co*, 2002

Mirhaela, *nouvelle, avec des photographies de Richard Bato, Æncrages & Co*, 2002

Trois nuits au Palais Farnese, *récit, éditions Nicolas Chaudun*, 2005

Fictions intimes, *nouvelles, sur des photographies de Laure Vasconi, Filigrane Éditions*, 2006

Ombellifères, *nouvelle, Circa 1924*, 2006

Le Monde sans les enfants et autres histoires, *nouvelles, illustrations du peintre Pierre Koppe, Stock*, 2006

Quartier, *chronique, avec des photographies de Richard Bato, La Dragonne*, 2007

Petite fabrique des rêves et des réalités, *avec des photographies de Karine Arlot, Stock*, 2008

Chronique monégasque, *récit, Gallimard, collection « Folio Senso »*, 2008

Tomber de rideau, *poème, sur des illustrations de Gabriel Belgeonne, Jean Delvaud et Johannes Strugalla, Æncrages & Co*, 2009

*Ce volume a été composé
par IGS-CP à L'Isle d'Espagnac (Charente)*

*Impression réalisée par
CPI BRODARD ET TAUPIN
La Flèche (Sarthe)*

*pour le compte des Éditions Stock
31, rue de Fleurus, 75006 Paris
en août 2010*

*Imprimé en France*
Dépôt légal : septembre 2010
N° d'édition : 01 – N° d'impression : 59167
54-51-7075/2